L'AVENTURE DU PUY DU FOU

Philippe de Villiers

L'AVENTURE DU PUY DU FOU

Entretien avec Michel Chamard

Albin Michel

À tous les Puyfolais

« Je n'ai jamais reçu de nom. Ils m'appellent le vieux galopin. Je ne me suis jamais perdu. Ils m'appellent le vieux cherche-pain. Je couche sur les barges des granges ou sur les berges des fossés. Je traîne mes souvenirs avec mon balluchon humide et je colporte les nouvelles de métairie en métairie. Jamais je ne suis attendu, mais jamais ils ne sont surpris. Et je porte avec moi l'Histoire à tous les enfants du pays. Dès qu'une lumière me fait signe, la nuit arrête mon chemin. Pour une soupe et pour la veillée, la porte s'ouvre à l'amitié : ils me reconnaissent toujours et ma place est toujours la même. Je suis la mémoire du soir.

Debout près de la cheminée, j'ouvre les mains, je prends une petite poignée de feu qui me dégourdit la mémoire. Je suis le marchand de quenouilles, qui file le temps et se promène pour vendre ses poupées de lin dans le pays du Puy du Fou. Et je passe ma vie à filer mon chemin de village en village vers un autre foyer, écoutant les sentiers qui ne retiennent plus leurs vieilles confidences, écoutant la pénombre qui gagne les buis-

sons, les vieux chênes têtards creusant dans leurs souvenirs. Je marche avec les siècles de famille en famille vers d'autres fuseaux. Et je marche toujours dans mes sabots trop lourds. Mon très vieil almanach et mes poupées de lin me tiennent compagnie, me soutiennent l'humeur.

Ce soir, je veux aller jusque chez Maupillier, auprès du vieux château qui s'élance là-bas. Je chanterai la chanson de tous les Maupillier sur cette terre de géants et de genêts en fleur. »

Extrait du prologue du spectacle,
dit par Philippe Noiret

AVANT-PROPOS

C'est à l'occasion des vingt ans du Puy du Fou que l'idée de ce livre est née. Y avait-il meilleure occasion de se remémorer les débuts de ce qui allait devenir très rapidement un modèle d'entreprise culturelle, fondée sur le bénévolat et le mécénat populaire, mais aussi un modèle de ce que peuvent provoquer l'enthousiasme, le don de ce que l'on porte de meilleur en soi, le sens de l'effort et le désir de bien faire, au service du public ?

Ce livre, cela fait des années que je souhaitais pouvoir m'y consacrer. Il ne s'agit pas seulement d'un recueil de souvenirs du créateur du spectacle, mais aussi et surtout d'un hommage à l'œuvre accomplie en commun depuis si longtemps, un hommage à ces centaines de Puyfolais — ils sont aujourd'hui trois mille deux cents, une quatrième génération venant rejoindre parents, grands-parents et arrière-grands-parents dans le même élan — qui n'ont jamais ménagé ni leur temps, ni leur énergie, ni leur imagination pour permettre l'accomplissement d'un rêve collectif.

À tous ceux qui, après avoir découvert et aimé le Puy du Fou, souhaitent en savoir plus sur la façon dont il s'est mis en place et sur l'esprit qui l'anime, cet ouvrage fera découvrir et aimer les Puyfolais, sans qui rien de cela ne serait possible.

J'ai demandé à Michel Chamard de m'aider, par ses questions, à raviver des souvenirs enfouis dans ma mémoire et à poursuivre ma réflexion sur le mystère de l'aventure du Puy du Fou, sur les raisons d'un succès qui était loin d'être annoncé, et qui pourtant m'a toujours paru certain, même aux heures de doute, au milieu des pires difficultés.

Il m'a paru être le bon interlocuteur pour deux raisons. Journaliste pendant près de vingt ans, ancien rédacteur en chef au *Figaro*, auteur de plusieurs essais, il a l'expérience de ces longs entretiens qui permettent de relancer son vis-à-vis pour lui faire préciser sa pensée, revenir sur tel ou tel point qui mérite d'être développé. L'autre raison est que, ayant choisi il y a quelques années de quitter Paris pour s'installer en Vendée, il est devenu puyfolais, ainsi que sa femme Christine et ses enfants, et qu'il a appris à connaître de l'intérieur et à partager les joies et les peines de la grande famille du Puy du Fou. Il est aujourd'hui directeur du journal *Le Puyfolais*.

Philippe de Villiers

Les droits d'auteur de ce livre sont intégralement versés à l'Association du Puy du Fou, plus précisément à l'« Académie junior » du Puy du Fou.

PREMIÈRE PARTIE

Le réveil du château au bois dormant

Michel Chamard. — Le Puy du Fou est aujourd'hui devenu une « institution ». Son succès est tel que les millions de visiteurs qui se sont pressés d'année en année sur ce site n'imaginent pas un seul instant que les débuts ont été difficiles, que les pionniers de la saga puyfolaise se sont trouvés bien seuls, bien démunis, en butte à bien des difficultés et bien du scepticisme, pour lancer un projet dont vous êtes le créateur. C'est pourquoi de jeunes Puyfolais souhaitaient depuis longtemps que vous racontiez l'aventure du Puy du Fou.

Cette aventure débute comme un conte de nos grand-mères : un jeune homme, égaré dans des bois touffus du haut bocage vendéen, découvre le château où sont enfermés ses rêves. Comment se passe votre première rencontre avec le Puy du Fou ?

Philippe de Villiers. — Je suis venu au Puy du Fou pour la première fois le 13 juin 1977, par un après-midi de grand soleil printanier. Je m'étais perdu dans les routins du haut bocage vendéen. Je me souviens d'avoir tourné plus d'une demi-heure au pied de la colline — le puy, du latin *podium*, signifie promontoire —, aucun panneau n'indiquant le site.

Je revois le visage interloqué d'un passant, aux Herbiers, à qui j'avais demandé mon chemin, et qui, après m'avoir fait répéter, me répond, dubitatif : « Vous devez confondre avec le Puits d'enfer, aux Sables-d'Olonne. Mais c'est à 70 kilomètres ! » Le Puy du Fou était à quelques minutes de là, et on ne le connaissait même pas de nom !

Je continue à tourner, ma 4L hoquetante s'essouffle, je m'arrête chez un garagiste de Saint-Mars-la-Réorthe, je l'interroge. Il interpelle sa femme : « Le jeune homme demande où est le Puy du Fou ! » Elle hésite, puis finit par répondre : « Je crois qu'il faut prendre la côte du fossé. Vous devriez tomber directement sur les ruines, à 2 kilomètres d'ici. » Me voilà bien avancé ! J'en déduis que le château au bois dormant a quitté depuis longtemps la mémoire des habitants des environs et a perdu tout repère dans la géographie de leur vie quotidienne.

Je reprends la route, un peu à tâtons. Aujourd'hui, je ne sais plus comment j'ai fini par arriver près des hauts murs de granit de la demeure fantomatique, enveloppée de silence. En revanche, je me revois très bien passant le porche, arrêtant ma voiture dans la cour intérieure. C'était plutôt une basse-cour, où vaquaient en liberté poules, canards et dindons, au milieu d'herbes folles, de blocs de pierre et de restes de linteaux d'où émergeait un puits de style italien. Au fond de la cour, impressionnantes dans leur abandon, des ruines échancrées.

Sur ma gauche, j'aperçois des volets mal ajustés, une porte entrouverte : la maison du gardien, sans doute ? Je m'approche, frappe à la porte, entre dans une grande pièce sombre, où tout semble organisé autour de la table de famille. L'accueil est poli, méfiant. Le gardien se lève, vient vers moi, l'air rogue, flairant l'intrus :

— Vous cherchez quelque chose ?

— Je viens visiter, pour faire un spectacle.

— Y a rien à voir ici. Y a que des ruines.

— On m'a dit qu'il y avait un lac, de l'autre côté.

Il éclate de rire, puis grommelle :

— Un lac ? Un étang, oui ! Mais personne peut y aller, de l'autre côté. C'est abandonné depuis plus de trente ans.

— Je veux aller voir.

— Pas possible ! Et d'abord, qui vous êtes, vous ?

— Je m'appelle Philippe de Villiers, j'ai 27 ans, je suis étudiant.

— Ah, vous êtes encore aux écoles ? Où ça ?

— À Paris, à l'Éna.

Je le vois hocher longuement la tête, je devine qu'il tourne le mot dans tous les sens, s'interrogeant : « Éna, école nationale d'agriculture ? » Le visage buriné traduit une vie d'efforts et de réserve paysanne, le mégot oublié au coin des lèvres souligne le regard oblique et inquiet, la casquette en visière dissimule un œil soupçonneux. C'est à l'évidence un homme qui n'aime pas être dérangé, qui va au rythme de sa forge, de sa grange, de ses vaches et de son potager : le profil type du paysan, celui-là même que je veux chanter dans mon hymne à la Vendée. Cette casquette immobile au-dessus de sourcils broussailleux toise le visiteur avec une méfiance ancestrale et le met à l'épreuve.

La conversation devient tendue :

— Qu'est-ce que vous cherchez ici ? Qui vous envoie ?

— Personne.

— Vous n'avez rien à faire ici !

Dehors, les poules s'agitent, le chien aboie, il y a de l'orage dans l'air. Feignant de ne pas percevoir la réserve manifeste, je demande :

— Pourriez-vous me prêter des bottes pour aller vers l'étang ?

— Mes bottes ? Vous n'aurez pas mes bottes. Et puis, pour y aller, de l'autre côté, il faut passer sur une digue de terre, avec 9 mètres de profondeur d'un côté, 10 mètres de l'autre, et c'est plein de genêts et d'ajoncs partout, avec des ronces et des vipères.

— Ça ne fait rien. Je vous en prie, prêtez-moi des bottes.

Une dame s'est approchée, vraisemblablement la femme du gardien. Elle adresse un signe furtif à son mari, qui finit par céder, mais de mauvaise grâce.

Je pressens pourtant que j'ai passé avec succès l'épreuve initiatique, celle qui précède la forme la plus raffinée de l'hospitalité vendéenne : on observe, on toise, on évalue et on finit par taper dans la main.

Me voici enfin de l'autre côté de l'étang, après avoir bataillé avec les genêts, au royaume des épines et des serpents. Il est cinq heures, le soleil est encore ardent. Je m'abrite sous trois petits sapins, face au château, en fond de tableau, sur les ruines duquel volettent des corbeaux. Sur la gauche, j'aperçois un îlot surmonté d'un bouquet d'arbres. Tout cela est confus, touffu, sauvage, si calme. Je jette un coup d'œil circulaire : partout, des replis de terrain, comme autant de coulisses naturelles…

Je suis transporté par l'émotion lorsque le soleil se couche derrière les ruines, faisant flamboyer comme dans un incendie la brique rose et le granit. Quel contre-jour ! J'imagine tout de suite de transporter ces pans de pierre dans la nuit. Tout y est, il suffirait d'y ajouter trois projecteurs : les vestiges d'une splendeur passée, qui évoquent Châteaubriand (« ruines, outrages de l'homme, ruines, ouvrages du temps »), l'eau profonde, les hêtres qui s'élancent vers le ciel. Il y a surtout l'immensité du site, qui tient à la fois de l'amphithéâtre naturel, sur une douzaine d'hectares, et de la réserve la plus sauvage, traversée par les oiseaux de passage.

À partir de ce moment, je sais précisément ce que je veux faire, ce qui n'était pas encore bien ordonné dans mon esprit. La *cinéscénie* est née !

C'est un mot que vous avez lancé pour définir ce spectacle d'un genre inédit. Mais qu'est-ce précisément qu'une cinéscénie ?

C'était une idée toute simple, qui consistait à utiliser ce lieu tout en recoins et en rebonds, avec une scène panoramique à 180°, pour y installer comme un film de plein air.

« Ciné » veut dire mouvement. « Scénie » signifie espace. La cinéscénie : c'est l'espace en mouvement.

Imaginons un instant une tribune, là où je suis, en cette fin d'après-midi de juin 1977, sous les trois sapins. L'œilleton de la caméra, c'est l'œil du spectateur, qui se promène de droite à gauche et de gauche à droite. Le son aussi se promène, là-bas, à 300 mètres, de l'île à la digue. Pourquoi ne pas imaginer un son circulaire ? J'entends dans ma tête un galop de chevaux. Je ferme les yeux : nous y sommes !

Et puis l'image aussi doit bouger. Qu'est-ce qu'un film ? Une pellicule. Une succession de petits carrés de lumière qui s'enchaînent soit en « cut », soit en fondu. Supposons que je découpe la scène, devant moi, en petits carrés bien délimités, éclairés intensément et reliés à un ordinateur : j'aurai ma pellicule. En d'autres termes, des petits carrés de lumière se succéderont les uns aux autres. Mais au lieu d'être alignés les uns derrière les autres, ils se succéderont les uns à côté des autres : je promènerai mon spectateur-œilleton de droite à gauche, de gauche à droite, de l'île à la digue, mais aussi en profondeur, de l'avant-scène à la terrasse du château et à l'arrière-scène. Il me restera à transposer les techniques de gros plan et de travelling : on verra ça plus tard.

Il est déjà sept heures du soir. Je suis là depuis deux heures. Pas un bruit extérieur. Je suis seul, comblé, fou de joie. Je pense à *L'Arbre aux sabots* d'Olmi, à *Amarcord* de Fellini, à cette phrase du réalisateur de *La Strada* : « Un film, c'est la grâce de la rencontre d'une idée et d'un lieu de tournage. »

Et ce théâtre de plein air, vous avez la certitude, là, tout de suite, que vous l'avez trouvé ?

Je pense surtout à Robert Hossein et à ses grandes fresques théâtrales. Ce qui va naître au Puy du Fou est effectivement une représentation dramatique et chorégraphique d'un type nouveau. Nous sommes dans le théâtre plutôt que dans le cinéma : mouvements de foule, mouvements de terrain, jeux d'acteurs sur une immense scène, son direct. On oublie la technique, on ne la voit pas. Elle est au service de la trame centrale.

La vedette n'est ni le château ni la lumière, c'est un jeune homme qui s'appelle Jacques Maupillier.

Tout s'organise autour de lui, avec une intensité dramatique, un sentiment d'attente qui emporte les spectateurs depuis la première scène jusqu'au dénouement.

Le Puy du Fou n'est pas du tout conçu comme une suite de tableaux, à la manière de ce qu'on appelle les « son et lumière ». C'est tout autre chose. C'est une grande pièce de théâtre de plein air, qu'on pourrait jouer le jour comme la nuit.

Parfois, c'est le dialogue qui l'emporte. Parfois, c'est le ballet qui domine, qu'il soit de facture classique ou folklorique.

L'élément principal de la cinéscénie du Puy

du Fou, c'est l'humain : 300 acteurs de scène en 1978, 1 200 en 2009.

La technique est au service de l'humain : c'est le geste qui compte, le mouvement d'ensemble, les tableaux vivants, un Bruegel par-ci, un Le Nain par-là. On assiste à une superproduction, à un péplum vivant, c'est un *drame.*

Ce jour-là, je contemple les ruines, en fond de scène. Quelle bonne idée d'avoir mis, là-bas, surmontant la terrasse, ce château fantôme qui unit le granit et la brique. Un mot de Goethe me vient à l'esprit : « Les couleurs sont les souffrances de la lumière. » Surtout la couleur des briques de ce château Renaissance. Une ruine, c'est beau et mélancolique le jour, la nuit, c'est fantastique. Le jour, c'est un songe, la nuit une fantasmagorie. Je rentre chez moi, à Boulogne, à une quarantaine de kilomètres de là, et je lance à Dominique, ma femme : « J'ai trouvé mon lieu ! »

L'idée et le lieu dont parle Fellini, c'est bien beau, mais un drame nécessite aussi un scénario. Où est-il ?

Dans ma tête. À peine le temps d'avaler une pizza, je m'installe à ma table de travail et commence à l'écrire. Partout s'étalent des livres sur la Vendée. J'ouvre l'un d'eux, un volume de la monumentale *Histoire de la Vendée militaire* de Crétineau-Joly. Par le plus grand des hasards, je tombe sur une gravure représentant un paysan vendéen, avec son chapeau « raballet », à large bord, un fusil à la main, le regard fier et endurci par les drames. Je lis la légende : « Jacques Maupillier, blessé sept fois pendant la Grande Guerre[1]. Il a tenu à être dessiné les armes à la main. Il était garde au château du Puy du Fou. » C'est fait : je tiens mon personnage central, la figure emblématique de la dynastie des Maupillier « dans la grande coulée des siècles ».

Je jette mes idées sur le papier. J'imagine que cette famille a toujours vécu autour du Puy du Fou depuis la fin du XVIIIe siècle et que dans la région on trouve encore aujourd'hui des Maupillier.

C'est le cas ?

Que oui ! Plus tard, je découvrirai même, grâce aux recherches de l'historien Maurice Maupillier,

1. C'est l'expression vendéenne pour évoquer les affrontements de 1793.

qu'une famille Maupillé était installée au Puy du Fou dès le XIIe siècle.

Tous les dix ans désormais, les Maupillier du monde entier se réunissent au Puy du Fou, dans ce lieu devenu un nom de légende grâce au spectacle. La dernière fois, en 2003, ils étaient mille cents : venus de Normandie, d'Allemagne, des bords de la Méditerranée et même d'outre-Atlantique, où des Maupillier ont contribué autrefois à créer la Nouvelle-France. Je pense en souriant à ma stupeur quand j'ai vu l'un d'eux se présenter à moi en me lançant : « Hello ! I'm Jack Maupillier. »

Une famille du haut bocage vendéen est ainsi devenue une sorte de dynastie internationale, que le spectacle du Puy du Fou a révélée à elle-même. La colline en est redevenue le point de ralliement. Quand tous les Maupillier d'Europe et d'Amérique reviennent au Puy du Fou, ils y sont accueillis avec la chaleur réservée aux héritiers d'une famille qui a contribué à la saga du Puy du Fou.

Vos travaux d'écriture sont-ils laborieux ?

Tout s'est passé comme dans un rêve, dans un éclair. En trois jours, mon scénario est terminé, ainsi que la moitié du texte. Le 14 juillet suivant, un mois presque jour pour jour après ma première visite du Puy du Fou, toute la trame est prête.

Je veux tester l'ouvrage sur Gustave, le gardien du château, et Bernadette, sa femme, qui m'accueillent à leur table ce jour-là. En quelques jours, nous sommes devenus des amis, des complices. J'ai le sentiment que tous deux comprennent que le Puy du Fou va renaître. Gustave se fait petit à petit à l'idée que c'en est fini de sa tranquillité, mais que ça vaut la peine. Bernadette, elle, acquiesce tout de suite. Pas forcément avec enthousiasme, mais plutôt avec l'intuition qu'il doit en être ainsi.

Mais ce Puy du Fou à l'écart de tout et ignoré de tous, le domaine oublié de Gustave et Bernadette, comment en connaissiez-vous l'existence, vous qui n'êtes même pas des environs ?

Par la presse locale, en mars 1977. Un titre avait attiré mon attention : « Le Puy du Fou acquis par le département. » Quelques jours auparavant, l'architecte des bâtiments de France en Vendée, Jacques Boissière, avait réussi à convaincre le Conseil général de l'acheter à un notaire des Deux-Sèvres, Me Savard, pour 900 000 francs : une bouchée de pain pour ce château en ruine et ces étendues de bois, de vergnes sauvages.

Mon père, à l'époque conseiller général des Essarts, a milité pour l'acquisition. Avec succès. Il est lui-même à cent lieues de deviner ce qui va se passer par la suite. Sa seule pensée et celle du département, c'est l'urgence : il faut sauver ces ruines.

Pourquoi ces ruines ?

L'histoire de ce château est assez curieuse. Il avait été conçu par Catherine du Puy du Fou, sous François Ier, « comme un songe italien », inspirant aux paysans et artisans du voisinage le sentiment distant d'un objet de luxe venu d'ailleurs. Il n'y a pas de châteaux dans le bocage vendéen : il y a des « logis », d'un seul tenant, avec un seul étage, un toit commun de tuiles romaines recouvrant l'habitation et les dépendances agricoles. Le château aux hautes terrasses de la belle Catherine restera longtemps regardé avec suspicion.

C'est la Révolution qui va changer le regard des gens d'alentour et transformer son statut affectif. Car ces ruines sont l'effet du passage de l'une des fameuses colonnes infernales, le 21 janvier 1794, sous la conduite du général Boucret, qui, dans la même journée, incendie le château et les métairies, tandis que ses hommes jettent vivants dans un four allumé dans la rue principale des Épesses, le bourg voisin, vingt-six femmes, enfants et vieillards. Le château avait souffert comme les fermes, les rejoignant dans le malheur commun : c'est sa destruction qui lui donnera ses lettres de noblesse.

Il continuera sa déshérence durant deux siècles, jusqu'à l'oubli. Les ruines deviendront le fief des oiseaux de muraille, les souterrains le terrain de jeux des enfants du patronage, les éboulis une carrière de pierre où chacun viendra se servir pendant cent ans. Deux familles, les Quennetain au XIXe siècle et les Savard au XXe, tenteront de préserver l'essentiel.

Et que voulait en faire le Conseil général, nouveau propriétaire ?

Avant tout, il s'agissait de sauver un élément du patrimoine vendéen. Mais qu'y faire ? Une sorte de Castelgandolfo pour les « coquetèles » d'été de l'assemblée départementale ? Un centre de formation continue pour cadres territoriaux ?

C'est à ce moment-là que me vient l'idée, du haut de mon inexpérience d'étudiant pas encore entré dans la vie active, d'y réaliser un spectacle d'art et d'histoire.

Mais comment un simple titre d'article retient-il votre attention ?

C'est la consonance du nom. Il évoque la profondeur du puits et son mystère, et le grain de folie déposé en chacun de nous. En fait il signifie tout simplement le sommet des hêtres. Mais c'est un nom évocateur, et qu'on retient. C'est un nom idéal pour un spectacle.

Et un endroit propice à un « son et lumière ! »

Pas un son et lumière ! Surtout pas ! Quand j'expose mon projet, j'ai en moi l'idée d'un spectacle qui n'aurait rien à voir. D'où ce terme de cinéscénie, qui associe le mouvement et l'espace : une transposition de cinéma en plein air, un théâtre monté comme un film.

Cette notion n'effarouche-t-elle pas vos interlocuteurs ?

Elle a commencé par m'intimider moi-même. Ce qui m'arrête un moment dans mon audace, c'est mon incompétence. Je me répète que ce n'est qu'une divagation, que si c'était réalisable, ce serait déjà fait ailleurs depuis longtemps.

Mais je rumine mon idée : comment se fait-il que rien ne soit tenté, avec le concours de nouvelles techniques tels le laser et l'informatique ? Comment se fait-il qu'on en reste au son et lumière, inventé juste après guerre au château de Blois ? J'avais été de spectacle en spectacle, en ramenant chaque fois la même arrière-pensée : tout cela est statique, convenu, ennuyeux. Sauf le spectacle du Lude, superbe, soigné, et dont le directeur, Louis Alleau, ira jusqu'à m'aider à convaincre les habitants des Épesses. J'avais été marqué également par le *Potemkine* de Robert Hossein au Palais des Sports de Paris.

Je finis par obtenir assez vite du Conseil général une mise à disposition du château pour tenter l'expérience, grâce à la bienveillance de son président et à l'aide de mon père, Jacques de Villiers, le président du comité des affaires culturelles.

Mon père est la première personne à qui j'ai confié mon projet. Il m'appuie sans hésitation parce qu'il comprend tout de suite l'importance de celui-ci, parce qu'il me croit capable d'aller jusqu'au bout. Il sera pour moi un soutien indéfectible. Sans lui, je n'aurais jamais osé lancer un tel projet. Je lui dois tout, et d'abord l'amour de la Vendée et de la France, que j'exprimerai dans le spectacle.

Plus tard, cette mise à disposition fera l'objet d'un bail emphytéotique aux termes duquel l'Association du Puy du Fou s'acquitte d'un loyer auprès du propriétaire départemental.

Dès lors, la route est libre pour votre projet.

Plutôt que de route, il vaudrait mieux parler de course d'obstacles. Quand je m'assieds aujourd'hui dans la tribune panoramique de quatorze mille places qui surplombe l'aire scénique, je repense aux trois petits sapins, aujourd'hui disparus, qui m'avaient abrité lors de ma première visite. Je me dis avec une joie profonde mêlée de mélancolie que les gens qui croient que tout a été facile dès le départ ne savent pas à quel point ils se trompent.

Quelqu'un qui découvre aujourd'hui le Puy du Fou, ou qui en a entendu parler, ne peut soupçonner tout ce qu'il a fallu déplacer comme obstacles — humains, techniques, financiers... C'est ainsi que beaucoup de gens croient que nous avons bénéficié d'une pluie de subventions des pouvoirs publics : une erreur d'autant plus compréhensible que je suis devenu, beaucoup plus tard, en 1988, président du Conseil général.

Quand je repense à tout le chemin parcouru, aux moments de doute devant les difficultés, d'écœurement devant les attaques, aux déceptions, je me dis qu'il a fallu beaucoup de chance pour sortir vainqueur de cette course impossible, où chaque jour qui passait était l'occasion de découvrir une nouvelle chicane, celle à laquelle on s'attendait ou celle que l'on ne soupçonnait pas.

À partir de juillet 1977, il ne s'agit donc plus de convaincre le propriétaire du Puy du Fou du bien-fondé de votre projet, mais de convaincre les gens des communes environnantes de s'y associer, sous la houlette d'un étudiant sans aucune expérience en matière de spectacle. Vous n'avez jamais pensé le confier à un metteur en scène professionnel ?

Jamais. Je le portais en moi et je voulais le faire porter par tout un pays. Ce spectacle n'avait de sens que s'il venait du cœur, joué avec le cœur, et destiné à faire vibrer les cœurs. Cela me semblait, cela me semble toujours incompatible avec des questions de droits d'auteur ou de cachet. Nous appelions ça la « monnaie de cendre ».

Bardé de certitudes et d'inexpérience, vous prenez donc votre bâton de pèlerin.

Une fois en possession de mon idée et de mon lieu, je me suis fixé un délai, convaincu que l'on ne fait de grandes choses que pressé par le temps, « d'un seul tenant et d'un seul jet ». Il faut que tout soit en place l'été prochain ; la première du spectacle devra avoir lieu un vendredi de juin 1978.

Je veux frapper fort, tout de suite, provoquer un choc. Méthode tout à fait contraire à la psychologie de chez nous, où l'on avance plutôt de façon pragmatique et progressive, au fil du temps.

Mon manque d'antécédents ne me rend pas la tâche facile. Je discerne d'emblée dans l'œil de mes interlocuteurs une lueur de scepticisme un rien goguenard, l'air de dire : « Il a encore la goutte au nez. » Mon âge, le fait de ne pas encore être dans la vie active, dans une société qui respecte d'abord le travail et la responsabilité, déplaisent aux gens sérieux, pour qui le double état d'énarque et de saltimbanque semble une incongruité.

N'en est-ce pas une ?

C'est une véritable question. Dans ma petite maison de La Prée, je me la suis souvent posée à cette époque. Père de famille — ma fille Caroline est née l'année précédente —, avais-je le droit de distraire cette année décisive de mon cursus professionnel, à un an du concours de classement de l'Éna, au profit d'un caprice artistique qui ne correspondait, pour reprendre le jargon de l'école, à aucune « demande sociale » ?

Je me souviens d'un condisciple affirmant à un autre : « Philippe s'est mis lui-même hors classement. Il est prêt à compromettre ses études pour monter un spectacle chez les Vendéens. Il veut être le Fellini du pauvre. »

Ma décision est bientôt prise : je n'irai plus à l'Éna que pour les épreuves du concours, jouant de l'avance dans mes notes que m'avait procurée le résultat de l'année de stage en Corrèze. Le président du Conseil général de l'époque, Jacques Chirac, avait eu la faiblesse d'apprécier ma contribution à l'effort départemental pour le monde rural en cette fameuse année de la grande sécheresse, en 1976. Le futur président de la République avait même voulu me faire attribuer le Mérite agricole, nonobstant mon trop jeune âge. J'avais quitté la Corrèze avec un 5 sur 5 me permettant de voir venir la suite de ma scolarité sereinement.

C'est ainsi que je me lance sur les sentiers de l'Éna buissonnière conduisant aux chemins de traverse du Puy du Fou. Quand, de temps à autre, le courroux de Pierre-Louis Blanc, le directeur de l'école, me contraignait à faire acte de présence, les camarades rencontrés dans les couloirs avaient l'air de penser, avec une satisfaction visible : « En voilà un qui ne sera pas dangereux au classement ! »

Chacune de leurs pensées les portait vers la compétition finale, qui attribuait les postes de premier choix. Pour moi, chaque instant passé dans cette école était au contraire un moment volé au Puy du Fou.

Mais aussi, que diable alliez-vous faire dans cette galère ? Pourquoi avoir choisi la carrière administrative ?

J'étais réellement attiré par la chose publique, et je le suis toujours d'ailleurs. Mais j'ai tout de suite été mal à l'aise dans cette école, avec son ambiance, son idéologie, sa suffisance, ses méthodes à la fois technocratiques et post-soixante-huitardes. Savez-vous par exemple ce qu'est le « pédalage en groupe » ? Il s'agit d'une épreuve du concours de sortie qui consiste à réunir six élèves dans une pièce, en leur donnant un sujet de conversation. On les fait débattre ensuite, comme sous une cloche à fromages, devant un jury de psychosociologues chargé d'évaluer la personnalité de chacun, de détecter les « leaders », les « suiveurs », les « réactifs », les « analystes » ou les « synthétiseurs »... Pour préparer cette épreuve, des séances d'entraînement avaient lieu chaque semaine pendant six mois, chacun s'essayant au statut ambitionné. Je fus classé « suiveur », « peu réactif ».

Autre souvenir, mon stage d'entreprise, en septembre 1977. En effet, j'ai eu à effectuer un stage à l'École des mines, pendant lequel j'ai passé tout mon temps à rencontrer les gens que je devais voir pour le projet de spectacle. Le directeur des études, qui avait compris qu'il n'y avait rien à espérer de moi et qui partageait ma passion pour le football, choisit de me « couvrir ». Grâce à lui, mon absentéisme ne fut pas sanctionné, et j'ai même récolté une appréciation flatteuse — à moins, plus vraisemblablement, qu'elle ne fût ironique — pour « la belle image de l'Éna » que j'avais donnée. La seule image dont j'ai le souvenir, c'est la traversée du jardin du Luxembourg, tandis que volaient autour de moi les feuilles d'automne portées par le vent chaud de l'été indien, la jubilation au cœur à la pensée de rencontrer Jean Piat, Suzanne Flon, Georges Delerue…

L'Éna semblant vous laisser quelques loisirs, comment occupiez-vous ceux-ci ?

À partir du moment où est prise ma décision de « plonger », je décide d'aller de commune en commune pour convaincre et entraîner les premiers volontaires. J'ai d'ailleurs près de moi, dès ce moment-là, une équipe : après les *Rêveries du promeneur solitaire*, *Les Trois Mousquetaires*, qui sont quatre comme il se doit et qui partagent ma passion. À cinq, nous nous instituons, en septembre 1977, Comité de lancement du spectacle.

Il y a là Francis Ribemont, trente ans, conservateur des musées de la Vendée, connu pendant mon service militaire au Mans — qui fut, au passage, une première occasion de me frotter à la mise en scène, le colonel Bataille, patron du 2e régiment d'infanterie de marine, m'ayant chargé d'un spectacle sur l'histoire du régiment — et à l'époque chargé de mission à l'ANPE. Francis, dont le concours sera déterminant, est le conseiller historique et l'ethnologue de la bande.

Il a bien compris, et me le fait admettre à mon tour, que le fond du spectacle doit être « scientifique », au sens d'une geste qui soit irréprochable sur le plan ethnographique. Il faut la concevoir comme une suite de tableaux rapides, à la Visconti, submergeant l'œil par la rapidité d'enchaînement et la surabondance de scènes. Il faut que Le Nain vienne si vite derrière Bruegel que le spectateur n'ait pas le temps de pointer le doigt : trop tard, on est déjà sur un Watteau !

Voici ensuite Alain Chrétien, trente ans, le financier, sous-directeur du Crédit agricole. Tout pourrait nous séparer : l'itinéraire, la sensibilité, le langage. Le Puy du Fou transcende ces oppositions : notre rencontre constitue le symbole d'une petite société qui se reconstitue à partir de ses différences et fait de chaque dissonance un point d'harmonie. Comptable d'une caisse vide, Alain est aussi le modérateur d'une équipe disparate en apparence. Sous l'aspect de l'homme de chiffres, il y a un grand affectif, chaleureux, attachant, fidèle.

Il y a aussi Hervé Louboutin, vingt-six ans, le journaliste, chargé de percer un épais mur de silence. Il s'emploie à nous rendre crédibles vis-à-vis de l'extérieur, nous qui ne sommes rien par rapport aux institutions, aux notables, au grand public, aux médias.

Et puis il y a Luc Charrier, vingt-cinq ans, qui travaille à la Direction départementale de l'agriculture et dont le patron s'est tout de suite entiché de notre aventure, mettant chaque semaine à notre disposition une salle de son administration à mon arrivée du train de Paris, pour l'une de ces interminables réunions du Comité de lancement, au cours desquelles nous tirons des plans sur la comète, le doute succédant à l'impatience.

Autour de la table, la question financière

revient chaque fois plus lancinante : comment faire un spectacle démesuré quand on n'a pas un centime et que l'on ne suscite que scepticisme ou agacement, indifférence ou dérision ?

Quand nous remettons à plus tard le souci des finances, qui le dispute aux problèmes d'organisation, c'est pour démasquer une autre difficulté cruciale : le potentiel humain. Comment faire pour convaincre quand on est cinq autour d'un projet et qu'aucun des cinq n'a la moindre connaissance, dans le voisinage immédiat du Puy du Fou, d'un quelconque « responsable » susceptible de servir de guide, d'interprète et de point d'appui ? Mes amis sont tous yonnais, à 50 kilomètres du haut bocage, et moi-même, je suis « né natif » de Boulogne, dans le bas bocage. À l'époque, la distance psychologique entre les deux bocages est aussi importante que l'éloignement géographique : la vaincre ne sera pas chose aisée.

Que donnent les premières démarches ?

Nous mettons un plan d'action à triple détente. Il s'agit de rencontrer les maires de ce que j'ai appelé par la suite « le pays du Puy du

Fou » — onze, puis quinze communes à cheval sur trois cantons — pour obtenir d'eux qu'ils amorcent la pompe en réunissant autour de nous les associations, très actives en Vendée, celles-ci étant susceptibles d'entraîner l'adhésion des habitants.

À partir de septembre, les premières expéditions du Comité sont lancées. On sait que la route sera longue : « Quels sont ces blancs-becs qui prétendent nous donner des leçons de culture populaire ? »

J'étais moi-même allé voir, dès août, le maire des Épesses, sur le territoire duquel se trouve le site du Puy du Fou. J'y suis totalement inconnu : ma venue, avec mon frère Bertrand, pour une rencontre de football entre l'Étoile sportive de Boulogne, dont je suis l'arrière-central et Bertrand le brillant avant-centre (on nous appelait « les Charlton »), et l'équipe locale, dans le cadre du Challenge de Vendée, n'a manifestement pas laissé de souvenirs ici.

Dans l'ensemble, les maires nous reçoivent poliment, mais avec la moue pessimiste de ceux qui sentent venir une mauvaise récolte. Nous comprenons vite qu'ils nous laisseront faire, sans nous mettre de bâtons dans les roues. La plupart d'entre eux accepteront de nous ouvrir une salle de la mairie pour recevoir les représentants des associations.

D'emblée, ceux-ci montent sur leurs grands chevaux : ils nous font vite comprendre qu'ils ne nous ont pas attendus et que les activités mises en place par leurs soins ne peuvent s'accommoder de l'implantation de ce qui leur apparaît comme « un projet de grande surface menaçant de tuer le petit commerce ». C'est d'ailleurs l'image utilisée par le curé des Épesses, qui sera longtemps hésitant.

En quelques semaines, le bilan est vite fait : échec auprès des maires qui, pour la plupart, choisissent la voix du silence, échec auprès des associations, qui éconduisent sans ménagement les intrus. Reste le peuple.

Nous ronéotons des tracts, que nous allons distribuer nous-mêmes à la sortie des écoles pour inviter les parents à des réunions d'information au café du coin ou, dans le meilleur des cas, à la mairie. Nos premières rencontres sont pathétiques : les invitations sont visiblement restées dans les cartables.

Nous nous retrouvons tous les cinq devant trois ou quatre auditeurs, dont l'employé de mairie chargé de fermer derrière nous et un opposant déclaré, toujours le même, venu de Cholet, qui se lève pour nous invectiver dès les premières minutes. Reste le marginal de l'endroit, tenu à l'écart par les associations et qui vient chercher une nouvelle chance. Et puis, perle rare de temps en temps, quelqu'un qui « accroche » vraiment et vient partager notre quête, notre enthousiasme.

Nous traversons ainsi onze communes, avec onze réunions qui se traduisent par onze échecs. Heureusement, certains maires dont nous avons fait le siège vont se mobiliser à nos côtés : André Coutand, des Épesses, Pierre Chatry, des Herbiers, Michel Retailleau, de Saint-Malo-du-Bois... Leur influence sera déterminante. En novembre, nous nous retrouvons à une maigre cinquantaine pour lancer l'Association du Puy du Fou, dont Daniel Renaudet, secrétaire de mairie des Épesses, prend la présidence, avec courage et dévouement.

Nous sommes au paroxysme du doute. Il me revient en mémoire la formule des paysans corréziens lors de mon stage, par temps de grande sécheresse, qui réclamaient des « à-valoir pour UGB » (« Unité de gros bétail ») dans l'attente de dédommagements. Nous sommes confrontés à une vieille civilisation paysanne : nos interlocuteurs attendent un « à-valoir » sur le spectacle annoncé. Je m'en ouvre à Gaby Chataigner, le futur directeur artistique du Puy du Fou, qui résume la situation en une image : « Le Vendéen a sept estomacs. L'idée du spectacle est dans le premier. Il faut un à-valoir pour le faire passer dans le second. »

C'est l'illumination ?

Vous ne croyez pas si bien dire. En l'occurrence, que pouvons-nous avancer comme à-valoir ? Un texte, une voix, une image. Pour que la glace soit rompue — c'est le cas de le dire, là aussi —, pour que naisse l'intérêt, que l'on passe à des réunions de plus de dix personnes, il faudra donner, au soir du 3 décembre 1977, un échantillon du spectacle, avec l'embrasement du château pendant deux minutes et demie, tandis que s'élève la voix de Jean Piat : « En cet été de 1793, il n'avait pas encore seize ans. Il était garde au Puy du Fou, il s'appelait Jacques Maupillier... »

L'étang est gelé, il fait moins dix, mais il y a mille personnes, conduites le long d'un chemin de bougies jusqu'à la colline aux trois sapins, qui ont été conviées par voie de communiqués de presse et de tracts.

Après cette démonstration en forme de clin d'œil polaire, avec quelques acteurs évoluant sur la terrasse, éclairés par des phares de voiture, tout le monde se retrouve dans l'aile nord du château, ouverte à tous vents et où ronfle un feu de cheminée pour un vin chaud bien mérité, avec des tartines de mogettes[1]. Juché sur une table, le verre à la main, un enthousiaste, aujourd'hui célèbre au Puy du Fou, Camille, proclame à tue-tête : « Philippe, il va marcher, ton spectaque ! »

Dès le lendemain, le cahier d'inscription que nous avons ouvert se couvre de noms. On réclame, pour le lire tranquillement chez soi et s'imprégner du spectacle, le Guide pratique que j'ai rédigé pendant mon stage à Arts-mines et qui contient, outre le scénario et les textes, toutes les indications de mise en scène.

Le déclic se produit-il enfin ?

---

1. Haricots blancs qui sont la spécialité de la Vendée. Le jambon-mogettes est aux Vendéens ce que le steak-frites est aux Parisiens.

Dès lors, les réunions sont plus faciles : on projette des diapositives de l'embrasement du château, on fait entendre la voix de Jean Piat.

Le déclic dont vous parlez se produit à Chambretaud, peu avant Noël. Dans la grande salle de la mairie, au premier étage, se regroupent une quarantaine de personnes, dont beaucoup de jeunes, venus en curieux. Je me souviens de l'éclat de rire qui salue la prédiction, jugée exagérée, du maire, Jean de Suyrot, enthousiaste et chaleureux : « Vous verrez, dans dix ans, il y aura des milliers de touristes qui chercheront à s'héberger à Chambretaud après le spectacle ! »

Ce n'était pourtant pas si mal vu. En saison, aujourd'hui, on s'arrache les chambres d'hôtels à 50 kilomètres autour du Puy du Fou, et la formule des chambres d'hôtes connaît un développement foudroyant.

Oui, bien sûr, mais vous n'imaginez pas à quel point une telle affirmation pouvait paraître burlesque en décembre 1977, dans le bocage. Aujourd'hui, la cinéscénie attire plus de quatre cent mille spectateurs chaque année, et le Grand Parc huit cent mille. Mais à l'époque nous tablions sur vingt-cinq mille — un peu plus de mille pour chacune des dix-sept représentations — pour couvrir les frais de la première saison. Luc Charrier nous faisait sourire quand il lançait aux assistances médusées : « Vingt-cinq mille, le chiffre peut paraître utopique, mais... »

Les dirigeants des offices de tourisme ou de l'hôtellerie locale ricanaient franchement : vingt-cinq mille personnes se risquant aux Épesses ! La presse locale, les notables parlaient de mégalomanie puérile. Les sarcasmes allaient bon train de commune en commune, de café en café, de voisin à voisin... Avec le recul, je comprends tout cela très bien. Il faut voir ce qu'étaient les routes, ou plutôt l'absence de routes, dans le haut bocage.

Je revois encore aujourd'hui ma rage impuissante devant une personnalité qui pontifiait devant moi, péremptoire : « Mon jeune ami, il y a une loi dans le tourisme culturel : la fluidité des accès. On ne monte pas un spectacle dans un trou paumé. Pourquoi n'avoir pas choisi la côte ? À moins que vous ne vouliez donner à votre affaire un rayonnement cantonal. » Il ajoutait, condescendant : « Ce qui ne serait pas méprisable, d'ailleurs. »

Les Chambretaudais ont finalement marché avec vous, pourtant.

L'auditoire semble en effet convaincu que, malgré l'enclavement et le manque de moyens, l'aventure mérite d'être tentée, même avec des bouts de ficelle. L'un des participants se lève pour proposer une façon ingénieuse de confectionner des falots taillés dans de vieux bidons, ce qui ne coûterait pas un sou. Un autre propose ses chevaux, un troisième, garagiste, la voiture dont j'ai besoin dans mon scénario, pour la kermesse 1930.

Tout se passe bien jusqu'à ce que fuse du fond de la salle, à mon intention, la flèche au curare :

— Dans quel but faites-vous tout ça ?

— Par amour de la Vendée. Je pense qu'on peut faire ici quelque chose d'unique par la dimension et la qualité artistique. Ce spectacle sera une immense parabole, l'œuvre emblématique de la culture populaire vendéenne.

L'homme revient à la charge, une seconde fois, puis une troisième :

— Qui vous paie ?

La salle s'esclaffe, suspendue à ma réponse.

Comment les convaincre de la nécessaire gratuité pour tous ? Nous sommes dans une société où tout se paye, hélas.

— Nous serons tous des bénévoles ! Je serai moi-même le premier des bénévoles. Le spectacle ne sera pas déposé, pas protégé à la SACEM, il n'y aura pas de droits d'auteurs, pas plus pour l'auteur que pour les interprètes qui donnent leur voix, comme Jean Piat et François Chaumette, vous savez, l'homme de *Belphégor*. Chacun d'entre nous paiera son essence pour venir jouer, sera mécène de son temps et de son argent, apportera ce qu'il a de meilleur en lui : son goût de l'histoire, de la fête, son savoir-faire. Je veux faire du Puy du Fou le haut lieu du bénévolat français.

Je marque une pause, scrute les visages soudain graves, attentifs, muets, qui m'invitent à poursuivre :

— Nous serons tous des bénévoles, mais nous nous appliquerons comme des professionnels ! Aujourd'hui, la qualité ne serait concevable qu'à Paris, la province ne saurait engendrer que des fêtes de la citrouille et des kermesses du fromage, de la bonne volonté et de l'approximation ! Il est admis que, sous prétexte que l'on est en province, on ne peut rien trouver qui soit professionnel, à part les festivals importés de la capitale ou faussement décentralisés, comme celui d'Avignon. Les Parisiens daubent sur cet amateurisme sans exigence esthétique ou artistique.

« Nous, au Puy du Fou, nous allons concilier la qualité et l'amateurisme. Nous n'aurons pas d'autre salaire, d'autre récompense que notre amateurisme au sens étymologique du mot : amour. Le Puy du Fou sera le lieu de rencontre de mille caprices, expression de la personnalité de chacun des Puyfolais. Ce qui nous rend forts : notre liberté au service d'une œuvre.

« Si les mille caprices changent du jour au lendemain, choisissent la pêche à la ligne plutôt qu'une soirée au Puy du Fou, c'en sera fini. Mais s'ils choisissent d'étonner le monde entier, nous inventerons pour l'an 2000 et pour le monde entier.

« Ce qui nous rend fragiles est ce qui nous rend forts : notre liberté au service d'une œuvre qui dépasse chacun d'entre nous. Le Puy du Fou ne sera pas mon œuvre ni la vôtre. Le château du Puy du Fou n'est la propriété de personne, il sera la propriété *affective* de chacun d'entre nous.

Un silence, qui semble interminable, puis la salle se lève, applaudit à l'unisson. C'est l'adhésion. Moustache de Gaulois, la quarantaine gouailleuse et grande goule, Jacques Landreau se fait le porte-parole de tous : « Tu peux compter sur les gars de Chambretaud ! Le Puy du Fou continuera tant que Chambretaud vivra ! »

Trente ans après, la famille Landreau est toujours là. La moustache de Jacques aussi, mais grisonnante. Ce ne sont donc pas de vaines paroles. Lors de la première répétition, le 13 mai 1978, sous une pluie de grêlons qui s'abattent sur les porteurs de fagots et les porteuses de « jouguets [1] », je m'égosille dans le mégaphone pour hurler : « On stoppe la répétition ! » Personne n'obtempère, les acteurs continuent leur marche comme si de rien n'était. Ce n'est que lorsque la pluie cesse que j'entends le gros rire de Jacques le Chambretaudais :

— Je t'avais bien dit que les gars de Chambretaud ne s'arrêteraient pas !

S'ils avaient interrompu la scène à cause de cette maudite pluie, aucun groupe n'aurait

1. Des seaux portés sur l'épaule par un joug, en patois vendéen.

accepté de poursuivre la répétition. Le précédent eût été redoutable : « Ce soir on ne joue pas, il pleut. » Depuis ce jour, qu'il pleuve, vente ou grêle, le spectacle ne s'est jamais interrompu. Jacques Chirac, alors Premier ministre, venu en 1987 avec tout le gouvernement, se souvient peut-être de la représentation menée jusqu'à son terme, sous des trombes d'eau diluviennes arrosant les acteurs comme les ministres. Jacques Landreau avait tout de suite compris que les premières minutes sur l'aire scénique donneraient le ton, créant de précieux précédents.

Le Boupère aussi a fait donner ses troupes.

Oui, grâce à Gaby Chataigner, dit Gabychat. Mon père, qui connaît bien sa Vendée, me conseille d'aller le voir. C'est une figure dans le département, créateur avec sa femme Madeleine d'un groupe réputé du Boupère, Les Joyeux Vendéens, qui s'attache à sauvegarder les traditions populaires du bocage.

Je suis séduit d'emblée par ce personnage jovial, avec sa voix de stentor, sa petite brioche vendéenne qui semble ne l'avoir jamais quitté et qui ajoute à sa bonhomie. Je veux en faire le directeur artistique du spectacle. Il se dit trop pris par ses multiples activités associatives. Mais je sens ce passionné de théâtre curieux d'une expérience qui lui semble totalement folle et parfaitement raisonnable. Son accord vient me conforter dans l'idée que j'ai trouvé un allié de poids, l'homme qu'il me faut pour réchauffer les tièdes : Gabychat, devant une salle d'humeur fraîche, c'est un torrent d'enthousiasme qui se déverse en rompant les digues et qui ferait fondre n'importe quel glacier.

Dès lors qu'il a dit oui, il sera de toutes les expéditions, de tous les voyages au pays de la difficulté. Le seul aussi à ne jamais douter. Son rire à gorge déployée lui sert de parade à toutes les dérobades, à toutes les défections, à tous les coups bas.

Comment ne pas se laisser entraîner par un homme dont la maxime favorite est : « Au Puy du Fou, il n'y a pas de marche arrière ! » S'il n'y a que dix pour cent de chances de réussite, il est catégorique : « Jouons-les à fond ! » Son entrain et son esprit d'équipe lui viennent des Jeunesses agricoles chrétiennes, où ce clerc de notaire a puisé son goût de la solidarité et de la vie associative.

Vous avez enfin les troupes que vous cherchiez.

Les troupes arrivent, en effet, et les futurs responsables. Mais ce n'est qu'au printemps 1978 que nous atteindrons notre objectif de mille Puyfolais. Ils sont plus de trois mille aujourd'hui.

Mille, c'était un symbole voulu ?

Sans doute. Mais c'est surtout le minimum nécessaire calculé pour faire face à l'ensemble des missions : accueil des spectateurs, parkings, services et, naturellement, acteurs. J'en avais prévu trois cents ensemble sur scène, et ce chiffre a grimpé progressivement, jusqu'à mille cent aujourd'hui.

Il reste aussi à désigner les chefs. Il faudra du temps pour organiser un encadrement. C'est Jean-Marie Delahaye, un plâtrier des Épesses, adjoint au maire de sa commune, qui exprime le mieux la situation en cette fin d'année 1977 : « Vous n'aurez pas de responsables, car ceux qui sont capables de l'être sont déjà engagés dans les comités des fêtes, les équipes sportives, l'action familiale et culturelle... »

Nous mesurons très vite à quel point il a raison. Nous arrivons comme les carabiniers d'Offenbach, il est trop tard : les gens sont trop occupés ailleurs. Ils veulent bien donner un coup de main comme acteurs, en aucun cas s'engager à prendre d'autres responsabilités.

Vous avez fini par en trouver, pourtant. Il n'était donc pas si tard que cela ?

Cela se fera lentement, grâce à l'action déterminante de quelques maires finalement conquis et des premiers « mordus », qui sauront nous guider pour aller frapper aux bonnes portes.

Alors que 1977 s'achève, je sais désormais par mon ami André Coutand, le maire, quelle est la bonne porte aux Épesses. Nous allons frapper ensemble à celle de Jean-Marie Delahaye, le plâtrier. À force d'entendre revenir son nom quand on me répond : « Si Untel y va, j'y vais aussi », je sais que son adhésion serait décisive.

L'accueil de Jean-Marie, en salopette couverte de taches blanches, est mesuré. Je revois l'œil inquiet d'Yvette, sa femme. L'homme a de la prestance, du verbe, avec sa barbe de jeune patriarche, ancien gardien de but de la Première de Beaupréau. On prend l'apéritif, il rompt le silence qui flotte autour de nous :

— Qu'est-ce que je peux faire pour toi ?

— J'ai besoin d'un haut responsable.

— Quel genre ?

Je ne lui révèle pas mon véritable projet à son endroit : le voir devenir président de l'Association récemment créée (présidence qu'il exercera avec maestria jusqu'en 2003). Je pressens qu'il m'opposerait un refus définitif. C'est pourquoi je glisse, faussement détaché :

— Pour diriger la régie générale.

Il éclate de rire :

— Je ne connais rien au théâtre. Mon métier consiste à monter sur les échafaudages, pas sur les planches.

Il n'en démord pas et je repars bredouille. Mais ce n'est que partie remise. Au début du printemps suivant, un soir, le téléphone collectif sonne dans l'escalier de la Maison de l'Éna, rue de Buci, à Paris, où sont hébergés les élèves de province. Mû par un pressentiment, je me précipite. C'est Jean-Marie Delahaye. J'entends sa voix faussement bourrue, ces mots que je n'oublierai jamais : « Viens à la maison samedi soir, Yvette te prépare des cornichons. Je t'ai bien observé ces derniers mois et j'ai décidé de me lancer à fond avec toi : on ne peut pas te laisser tomber. Ce n'est pas que j'y croie vraiment, mais c'est pour le panache. » Comme eût dit M. Prudhomme, ces cornichons sont le plus beau jour de ma vie : dès lors que Jean-Marie se lance dans la bataille, tout bascule d'un coup. Charisme exceptionnel : optimisme, énergie, force vitale. Rien ne lui résistera.

Huit jours plus tard, directeur d'une régie générale sans moyens, Jean-Marie commande un escadron de trente-cinq tracteurs pour charrier les tonnes de pierre recueillies dans les broussailles du Puy du Fou et destinées à combler le marécage qui doit être occupé par l'allée de passage des spectateurs vers la tribune. Pendant deux jours, un samedi et un dimanche, dans un fracas assourdissant, ces engins prêtés gratuitement donnent la mesure des succès à venir. La greffe est réalisée : ce n'est plus seulement mon spectacle, c'est celui de tous les Puyfolais, même si l'expression reste à naître.

Quand ce mot apparaît-il ?

Il naît sous la plume de René Guicheteau, dans le journal créé par lui auquel il donnera ce titre dès le premier numéro, en septembre 1978.

Instituteur aux Herbiers et figurant parmi les pionniers de l'Association, René — hélas disparu voici quelques années — imagine dès le printemps 1978 de pallier l'absence de tout moyen de promotion du spectacle par un réseau de correspondants, dans le bocage, puis dans toute la Vendée et les départements limitrophes, qui sillonnent les routes pour porter les premiers dépliants publicitaires.

Dans toutes les communes de la région, il trouve un cafetier, un charcutier, un postier, un retraité qui accepte de faire connaître le Puy du Fou autour de lui, qui constitue l'un des maillons de la grande chaîne de solidarité puyfolaise.

Ces Puyfolais, quand les avez-vous réunis tous ensemble, quand les avez-vous eus tous sous les yeux pour la première fois ?

Le 11 mars 1978, lors de la grande réunion de mise au point, avant le lancement des répétitions. Ce jour-là, dans l'aile nord du château, qui abritera plus tard l'Écomusée de la Vendée, dans une ambiance chauffée à blanc, un enthousiasme délirant, on se distribue les affectations, les rôles au sein des « villages », au sens « villages olympiques ».

Compte tenu de l'immensité du site, j'avais en effet imaginé un regroupement d'acteurs en « villages » répartis autour de l'aire scénique, invisibles du public et destinés à permettre aux acteurs de changer de costume entre deux tableaux, mais aussi de se retrouver après le spectacle pour des fêtes qui allaient bientôt être instaurées autour d'un verre et de la brioche vendéenne. Un acteur m'interpelle :

— Hé ! tu parles de nos « villages », mais où sont les maisons ?

— Quelles maisons ?

— Pour se costumer, tiens !

Abasourdi, je croise le regard de notre trésorier, qui balbutie :

— On n'a pas prévu de budget pour ça.

Jean-Marie Delahaye me souffle à l'oreille :

— C'est vrai, il n'y a pas de budget.

J'hésite quelques secondes à révéler notre désespérante imprévoyance. Et puis me vient une idée, que je lance avec aplomb :

— Nous aurons des vieux cars transformés en vestiaires.

Ce qui devient une réalité dès le lendemain.

En fait de villages, c'était plutôt un campement de nomades ?

Dès que nous en avons eu les moyens, l'une de nos priorités fut d'installer de véritables villages, avec des maisons en dur pour les vestiaires, dotées de l'électricité. Il y a aujourd'hui cinq villages : la « Pêcherie » (ainsi dénommée parce que située à l'endroit où l'on recueillait autrefois les poissons lorsque l'étang était vidé pour être curé), le « Château » et son voisin, la « Cavalerie », l'« Île » (près de l'îlot d'où s'élancent les danseuses) et l' « Allée romaine ».

On n'imagine pas l'attachement des Puyfolais à leurs « villages ». Ils retapent les vestiaires, donnent des coups de peinture sur les portes et les fenêtres, bricolent l'éclairage ou l'ameublement, décorent les façades... Comme le dit Jean-Marie Delahaye, « ils y ont leur résidence secondaire ». Chaque année, une petite somme est répartie entre les « villages » pour permettre à leurs « habitants » de planter des fleurs ou des arbustes. À la

« Pêcherie », par exemple, on installe des croisillons sur les façades pour permettre d'accrocher des filets de pêche symboliques et des glycines.

Les jeunes Puyfolais qui s'habillent dans ces « villages » et y attendent leur entrée en scène ne peuvent imaginer les conditions dans lesquelles ont débuté leurs anciens, faute de moyens.

Vous parliez de bouts de ficelle. Ce n'était donc pas une image, c'était bien ça ?

Assurément. Il y a eu aussi des problèmes de bouts de câbles. Un samedi matin, j'amène sur le site un spécialiste que je suis allé chercher à La Forêt-sur-Sèvre, M. Touilleau, accompagné de son fils Jean-François, aujourd'hui patron d'une importante société d'éclairage. Main en visière au-dessus des yeux tournés vers le château, ce dernier me demande innocemment combien j'ai prévu de kilomètres de câbles, la puissance estimée du transformateur et le nombre de projecteurs que je pense nécessaires. Ma question le stupéfie :

— Il faut un transformateur ?

Il me regarde, pensant sans doute que je

badine, constate que je suis sérieux. Visiblement accablé, il calcule à haute voix :

— Il vous faut aussi un groupe électrogène et cent kilomètres de câbles. Au prix actuel du mètre, vous en avez pour un bon million de francs.

— Et le transfo ?

— Comptez bien 200 000 !

C'est le chiffre du budget prévisionnel que nous avons retenu pour toute la régie générale, tribune comprise. Une réunion d'urgence s'impose chez Renée Bossard, la secrétaire générale de l'Association. Devant un verre de Ricard pour se remonter le moral, nous nous rendons à l'évidence : nous ne pouvons pas éclairer tout le site, il faut se rabattre sur deux hectares. Mon projet est fichu. Je me sens lâcher prise, tel un Sisyphe vendéen dont le rocher a dévalé tout en bas du mont des Alouettes.

C'est le mari de Renée, Jojo Bossard, un ancien sous-officier, qui rompt l'encerclement. Il se tourne vers Alain Chrétien et Jean-Marie Delahaye : « Les gars, il faut faire appel à l'armée ! » C'est ainsi que commença la guerre du câble.

Dès le lendemain matin, j'appelle le général

commandant la région militaire, à Nantes. Il me fait recevoir par son chef d'état-major, qui a pris au préalable quelques renseignements sur l'ancien aspirant au 2e RIMA et qui annonce à ce dernier, avec une fermeté toute militaire : « Affirmatif ! » Le câble viendra de Nancy. Ce sera une location, ou plutôt une mise à disposition, car l'armée ne loue pas. Je reviens en sifflotant : nous avons gagné la guerre du câble.

Quelques jours plus tard, entre deux épreuves à l'Éna qui nécessitent mon absence de Vendée, j'apprends que nous subissons une contre-attaque. Le général commandant la région m'adresse une note qui dit en substance : « Nous avons appris que vous aviez l'intention de *sectionner* les câbles pour les adapter à la configuration de votre terrain. Il s'agit de quatre grands rouleaux qui ne peuvent être tronçonnés en aucun cas. Nous sommes donc obligés de retirer notre accord. »

Nous revenons à la case départ : pas de câble, pas de transformateur. La seule aide dont nous bénéficierons sera celle d'un chef d'entreprise qui nous prêtera pour la première saison soixante-dix projecteurs « Holophane ».

Nous n'avions pas non plus de techniciens,

d'ailleurs. Mon incompétence et celle de mes amis dans ce domaine nous rendaient incapables d'en approcher ou d'en choisir un. Un jour, au foyer rural des Épesses, je pose la question : « Y a-t-il un électricien dans la salle ? » Au milieu de deux cents personnes, un barbu se lève : il s'appelle Jean-Claude Lérin, il termine son apprentissage et vient de se mettre à son compte, il veut bien nous aider, quoique le temps lui manque. Le voici sur-le-champ bombardé « directeur technique ».

Il prend l'affaire en main, installe le transfo, tire les quatre-vingts kilomètres de câbles. Comme il n'avait pas de treuil pour le faire, il amène son véhicule personnel et déroule les câbles en patinant sur l'avant-scène : un spectacle grandiose !

Parce que, finalement, vous les avez trouvés, ces câbles ?

Oui, parce que, finalement, nous les avons *achetés*. Quand l'armée nous fait faux bond, nous convenons que, au point où nous en sommes, il n'y a plus qu'une seule solution pour tous nos problèmes : la fuite en avant.

En déambulant sur le site avec Gabychat, Jean-Marie et Daniel Renaudet, alors président de l'Association, nous avons toujours la même obsession : « Faut-il louer ou acheter ? » La question est d'importance : la prudence recommande de *louer* le matériel que nous utilisons, sans prendre le risque de l'*acheter*, car personne ne sait si le Puy du Fou est appelé à durer.

Cette question en entraîne inévitablement une autre : combien de temps cela peut-il tenir ? Deux ans ? Gabychat se risque à pronostiquer cinq ans, mais ne va pas au-delà : « Ici, dit-il, les gens sont tenaces, mais la lassitude viendra. » Il n'est pas d'exemple d'une grande vague de bénévolat qui ne s'évanouisse d'elle-même.

Je mesure bien le danger mortel que représentent la lassitude, les chamailleries, la routine, les critiques, voire la convoitise, si elles surviennent dans la communauté puyfolaise. Mais comment prévoir si l'organisme est assez sain, assez résistant, pour l'emporter ? C'est pourquoi la sagesse voudrait que l'on envisage la disparition du spectacle, la dissolution de l'Association si, comme toute œuvre humaine, notre spectacle doit ne pas durer.

Finalement, nous prenons comme d'habitude

une décision à contre-courant du bon sens : il est prudent de *louer*, nous décidons d'*acheter*, d'investir pour vingt ans.

Sans un sou en caisse ?

Notre démarche financière fait frémir, puis trembler notre trésorier, formé à une stricte orthodoxie en la matière. À force de creuser le trou prévisionnel, nous mettons au point une nouvelle technique financière : au lieu d'ajuster les dépenses aux recettes, nous ajustons les recettes aux dépenses.

Ainsi pour les câbles. Puisqu'ils coûtent un million, nous calculons combien cela suppose de spectateurs en plus pour la saison. Cela amène Luc Charrier à amplifier son exposé de présentation : « Le chiffre de cinquante mille spectateurs peut paraître utopique, mais… » Pour se procurer enfin des costumes, un peu de pyrotechnie, et surtout des câbles et des projecteurs, il faut en effet doubler le nombre d'entrées prévu initialement.

C'est ainsi que de semaine en semaine, voire de jour en jour, le budget prévisionnel dérive au fil des oublis que nous rattrapons.

À ce niveau-là, on pourrait parler d'incompétence ?

Incompétence technique, certes. Personnellement, je n'ai jamais su changer un plomb. Je vous avouerai même que je n'ai jamais eu la curiosité, depuis tant d'années, de savoir comment fonctionne un projecteur. En revanche, j'ai toujours eu l'intuition de ce que l'on peut faire avec. J'ai senti dès le début que je saurais le mettre au service d'un effet, d'un contre-jour, d'une lumière filtrante ou stroboscopique.

Nous avons tous appris, nous avons tout appris, ensemble. Nous avancions au hasard des rencontres, de la bonne volonté des uns et des autres. Le premier qui se présentait se voyait confier la responsabilité du moment : Michèle Goisneau, kinésithérapeute, s'est ainsi vue propulsée à la direction technique de la régie qu'elle occupe avec tant de bonheur, l'instituteur Maurice Chanal à celle des accessoires, Anne-Marie Benezeth, institutrice elle aussi, et Simone Richard, une amie artiste dans l'âme, récupérant la responsabilité des costumes. Personne ne se trouvait à la place qui aurait dû lui correspondre. On pense à la fameuse tirade du *Mariage de Figaro* : « Il fallait un calculateur, ce fut un danseur qui l'obtint. » Finalement, avec le secrétariat général de l'Association, qu'elle assume avec intelligence et efficacité depuis le début, il n'y a que Renée Bossard, secrétaire dans une entreprise de maçonnerie, qui s'est vu confier une responsabilité en relation avec son expérience professionnelle.

Après tout, cela n'a pas si mal tourné ?

Effectivement. Cette grande caravane en marche, comme on dit dans *La Strada*, cette caravane de saltimbanques amateurs qui font montre d'un grand professionnalisme, recèle une force extraordinaire due au mélange des générations, à la symbiose entre l'expérience de la vie et les promesses de la jeunesse, entre la sagesse de ceux qui en ont vu d'autres et la fougue de ceux qui veulent tout découvrir.

Lors de la première saison, l'acteur le plus âgé avait quatre-vingts ans, le plus jeune en avait trois : il a fêté ses vingt-cinq ans de Puy du Fou avec ses vingt-huit printemps. En deux décennies, il y a eu quatre générations, qui se sont harmonieusement amalgamées : les pionniers, puis leurs enfants, et nous voyons à présent arriver dans les « villages » — il y a à la Pêcherie et à l'Allée romaine trois « cabanes » qui comptent environ 250 garçons et filles de trois à treize ans — les petits-enfants et arrière-petits-enfants des premiers.

Au Puy du Fou, les enfants et les adultes partagent les mêmes émotions, les mêmes souvenirs, dessinent les mêmes rêves, réagissent sur scène à l'unisson, imaginent le même avenir, le regard fixé sur le même horizon, et apprennent à vibrer du même cœur : c'est une vraie société. Au fond, qu'est-ce qu'une société ? Elle ne se définit pas par la répartition des tâches, mais par la manière commune de rêver et d'embrasser le même horizon : faire les mêmes rêves au même moment.

C'est là le rêve de cette troisième génération, qui veut continuer à étonner le monde après avoir entendu les plus anciens raconter leurs propres rêves de pionniers et leurs inventions d'autodidactes.

Songez que le nouveau président, Nicolas, qui a succédé à Jean-Marie Delahaye, a été élu à l'âge de vingt-quatre ans seulement.

Ces jeunes Puyfolais, vous avez misé sur eux dès le début, en leur confiant des responsabilités qu'on aurait pu juger au-dessus de leur âge. N'était-ce pas risqué ?

Sont venus à nous tout de suite les anciens du « troisième âge » et les très jeunes. Avec le recul du temps, je suis de plus en plus persuadé que le refus de beaucoup d'actifs, chargés de responsabilités associatives par ailleurs, de prendre les opérations en main, a été une chance. Il a fallu se rabattre sur beaucoup de jeunes, des tout jeunes, et ils se sont coulés tout naturellement dans le moule.

Le Puy du Fou est une aventure collective qui scelle les destins personnels. Je revois, au milieu de l'été 1978, après une représentation, des parents émus qui viennent à la régie me présenter leur fils, un grand gaillard d'un mètre quatre-vingt-dix, avec une caméra au poing, rongé de timidité, mais fasciné par les jeux d'orgues et de lumière.

— J'ai un immense service à vous demander, hasarde le père. Mon fils ne veut pas passer son bac. Depuis trois mois, il n'a plus qu'une passion, c'est d'être ici et de tout filmer. Pourrait-on vous le confier ? Il a peut-être des dispositions. Il adore la technique.

Laurent Albert, le grand jeune homme dégingandé ainsi confié par son père en « pension de vacances », n'a pas dix-huit ans. Il jette très vite sa caméra aux genêts pour s'essayer aux jeux d'orgues. Il va devenir rapidement, à vingt-deux ans, le directeur technique du Puy du Fou, inventeur surdoué doté du charisme d'un chef, capable, à partir d'un filet d'eau coulant du robinet au creux d'une cuiller, de concevoir des écrans d'eau sur lesquels on pourra projeter des images de soixante mètres de haut. Dans sa partie, Laurent figure sans doute parmi les meilleurs dans le monde. Ce n'est pas par hasard d'ailleurs s'il est devenu aujourd'hui directeur général du Grand Parc.

Vraiment ?

Depuis que j'ai eu l'occasion de voir d'autres spectacles dans le monde entier, notamment lors de mes voyages aux États-Unis, je suis convaincu que ce n'est pas par courtoisie que nombre d'ingénieurs américains m'ont affirmé : « Vous avez les meilleurs. »

Je peux dire avec fierté que ces jeunes gens qui avaient vingt ans lors des débuts du Puy du Fou et qui abordent aujourd'hui le cap de la cinquantaine n'ont pas fini de donner leurs plus beaux fruits. Dans tous les domaines, ils ont appris à inventer, en allant au-delà des techniques classiques.

Que ce soit en pyrotechnie, en régie électrique, en animalerie, en fauconnerie, en cavalerie, en cascades, en tant d'autres domaines technologiques ou artistiques, du dresseur d'oies jusqu'aux métiers du son les plus sophistiqués, nous avons une palette interdisciplinaire foisonnante et qui ne cesse de croiser ses savoir-faire et ses innovations.

On parle souvent de « fécondité croisée » à propos de Sophia-Antipolis, près de Nice, avec ses chercheurs de haut niveau. Je suis persuadé que le Puy du Fou finira par être reconnu comme un haut lieu mondial de la création dans le domaine des arts et de la technologie des spectacles.

L'histoire de la cavalerie du Puy du Fou résume bien cette longue trajectoire de progrès continus. En 1978, il n'y a pas de chevaux, il n'y a pas non plus de cavaliers. Gustave, le gardien, me signale le vétérinaire des Épesses, qui a un demi-sang. Denis Bouquin, qui m'accueille à bras ouverts, est ainsi, après Gustave, mon premier contact et l'un des initiateurs du projet. Historiquement, il est à ce titre le premier de tous les Puyfolais.

On démarre avec quelques chevaux prêtés par les haras de La Roche-sur-Yon. Nous achèterons notre premier cheval en 1979.

Aujourd'hui, le Puy du Fou est propriétaire de cent soixante chevaux de grande qualité, et développe son Académie équestre, avec ses filières de cascade et de haute école, à la manière d'une équipe de football qui forme elle-même sa relève : on compte une centaine de jeunes cavaliers, dont une dizaine seulement accédera à la scène de la quintaine dans dix ans.

La consécration est venue en 1995, lorsque nos cavaliers ont été appelés par le Cadre noir de Saumur pour présenter ensemble à Bercy un spectacle sur l'histoire de la cavalerie française.

Là comme ailleurs, nous sommes partis de rien. Là comme ailleurs, une équipe de jeunes gens s'émancipe des anciens, avec du temps, du talent, du travail, se frotte aux pires difficultés, recherche à travers le monde les défis les plus insurmontables, se coltine à la paroi, comme disent les alpinistes.

À Puyfolais rien d'impossible ?

C'est par défi, et aussi par inconscience, que l'on réalise de grandes choses. Tous les défis de la première année ont été relevés avec succès. Le célèbre ballet d'hiver est à cet égard significatif. Il faudra réussir à faire danser sur l'eau des sylphides et des farfadets : l'illusion est totale car, en fait, ces naïades dansent dans l'eau.

On commence par utiliser un podium flottant, mais on est obligé d'y renoncer dès mars 1978 : on ne voit pas les danseuses, on ne voit que le podium, l'effet est complètement raté. Nous faisons alors appel à des grandes entreprises spécialisées dans la plaisance et la navigation sous-marine, en leur donnant trois mois pour résoudre notre problème, tandis que Pierrot Robin, forgeron aux Épesses, se pique au jeu et jure de relever le défi.

Des ingénieurs de marine, spécialistes des tirants d'eau, champions des lignes de flottaison, constructeurs des plus beaux modèles de l'America's Cup, planchent sur le projet, nous adressent des plans et des schémas inaccessibles à des profanes comme nous.

Un beau matin, nous essayons sur l'étang une grille conçue à partir de leurs indications. Prudent, Jean-Marie Delahaye reste sur la rive, nous laissant, Gaby et moi, larguer les amarres. Au milieu de l'étang, nous ressentons tous deux le même déséquilibre, la grille verse sur le côté, nous allons à la baille sous les lazzis des Puyfolais présents. Accroché à un flotteur, Gabychat ronchonne : « Je t'en foutrai, moi, des ingénieurs sous-mariniers ! »

Quelques jours après ce Trafalgar puyfolais, Pierrot Robin, le forgeron, me fait savoir qu'il a réalisé une maquette dans sa baignoire et qu'il est prêt à une démonstration grandeur nature. Une démonstration concluante puisque la même grille fait merveille depuis trente ans.

L'autodidacte l'emportant sur l'ingénieur : c'est l'un des symboles du Puy du Fou. Les techniciens du Magic Kingdom, de Seaworld, de MGM studio interrogent aujourd'hui le Puy du Fou :

— Quel est donc le « process » de la grille sous-marine ?

— Secret vendéen… impossible à divulguer outre-Atlantique.

En fait, vous avez toujours réussi à mettre la chance de votre côté ?

Très souvent, la malchance qui s'abattait sur nous a été balayée par un coup de chance inespéré. C'est ainsi que, après avoir perdu la guerre du câble, nous avons remporté celle du son.

Faisant découvrir le site à Claude Roussel, un Puyfolais spécialiste de son haute fidélité — ancien de chez Pathé-Marconi, il était capable de concevoir des enceintes de plein air, insensibles à la promenade du vent et à la pluie qui ronge les membranes —, je le vois statufié d'ébahissement. Pressé de questions, il finit par me confier, émerveillé :

— Nous avons ici un phénomène unique d'amphithéâtre grec, où le son est porté par les éléments, avec juste ce qu'il faut de réverbération pour donner de l'ampleur aux voix et à la musique. Au fond, un mur ; sur les côtés, des arbres, au milieu l'étang comme au fond d'une cuvette : un immense espace où le son est retenu, restitué avec ses basses et ses aigus grâce à l'amplification d'un décor naturel.

Plus tard, quand nous diffuserons la musique de Georges Delerue, enregistrée salle Wagram, avec la célèbre harpiste Lily Laskine et l'Orchestre national de France, nous aurons le bonheur de pouvoir dire qu'aucun de ces virtuoses n'aurait pu imaginer la puissance d'émotion que susciterait leur exécution, restituée en plein air à partir de six sources sonores et avec des effets stéréophoniques insurpassables.

Vous voyez, je ne peux me plaindre de la chance que j'ai eue de trouver quand il le fallait les hommes de la situation, de bénéficier du site idéal, avec un amalgame inespéré d'atouts naturels, et la chance d'être de cette Vendée à l'histoire singulière et à la souffrance sublimée.

La chance aussi d'être servi par des voix de premier ordre. Celle de Noiret qui monte dans la nuit lors du prologue procure toujours, même après avoir assisté des dizaines de fois au spectacle, une émotion intacte.

Lorsque j'ai écrit les textes du spectacle, je ne les destinais pas à la lecture, mais à la déclamation. Ils ne sont pas faits pour être lus, mais pour être entendus. Il fallait qu'ils passent, comme disait Flaubert, par le « gueuloir » de grands acteurs qui leur donnent de la chair, du relief et de l'émotion au cœur de la nuit.

Les aviez-vous écrits en pensant à des acteurs bien particuliers ?

Oui, bien sûr. C'était complètement fou, mais dans mon Guide pratique de la mise en scène, j'avais écrit le nom des acteurs que je voulais pour interpréter mes textes : Jean Piat, Suzanne Flon, Michel Duchaussoy, Philippe Noiret, Catherine Salviat, François Chaumette…

Restait à les trouver — ces grands acteurs sont impossibles à joindre — puis à m'armer de courage pour aller les voir et les convaincre.

Les convaincre à la fois de participer à un spectacle dont ils ne pouvaient pas savoir à quoi il correspondait, et de le faire bénévolement ?

On ne peut pas dire qu'on a choisi la solution de facilité, c'est sûr. Je me souviens de la réaction de Jean Piat quand je me suis présenté à lui et que je lui ai dit : « Élève à l'Éna. » Il a cru que je me fichais de lui.

Cette période correspond à ce que avec Francis Ribemont, nous appelions, en reprenant le mot de Hegel, « la prophétie autoréalisatrice ». En Vendée, pour convaincre les Puyfolais du succès à venir, j'affirme sans sourciller : « On parle de vous à Paris. Les grands artistes qui vont nous prêter leur voix connaissent vos efforts. » Les artistes en question ignorent alors tout du Puy du Fou. À Paris, j'explique à mes interlocuteurs : « Il y a déjà mille Puyfolais qui veulent tenter l'aventure avec vous. » En réalité, à ce moment-là, nous ne sommes encore que cinq. Tout était virtuel, c'est-à-dire à l'état de vérité en mouvement. Mais c'est en désirant les choses qu'on les obtient.

C'est alors que je reçois l'aide d'un homme à qui je voue une gratitude et une affection sans limites, Pierre Zimmer, acteur peu connu mais dont j'apprécie la voix grave et nostalgique, un peu cassée, et dont je souhaite la participation pour le spectacle. Je l'avais connu en Corrèze, au festival de Sédières, comme quoi la Corrèze mène à tout, même au Puy du Fou.

Pierre Zimmer, à qui je confie mon rêve de rencontrer Jean Piat, est catégorique :

— Jean Piat ? C'est impossible ! Personne ne peut l'avoir : c'est le comédien français le plus demandé dans le monde entier. Même si vous étiez Robert Hossein et si vous disposiez comme lui du Palais des Sports, vous auriez du mal. Alors, vous…

Il ne poursuit pas, par politesse. Je le vois réfléchir, puis il m'interroge :

— Quel geste pourriez-vous faire pour obtenir le concours de grands acteurs ?

— Leur porter un message d'amitié des mille personnes qui les attendent au Puy du Fou.

— Vous n'en aurez aucun !

Malgré son verdict, j'entre en contact avec Jean Piat. Je suis persuadé qu'il est la clef de voûte, que s'il est partant les autres accepteront aussi. Il me reçoit une première fois, brièvement, en homme pressé, et me demande de lui faire parvenir mon scénario et mon texte. C'est chose faite dans l'heure. Il me reçoit à nouveau quelques jours plus tard. Je vois que mon insistance le met mal à l'aise, mais je le sens touché, peut-être ébranlé, par mon enthousiasme, ma foi. Il finit par accepter, mais je me demande si ce n'est pas pour se débarrasser d'un importun qui l'appelait tous les jours. Aujourd'hui, Jean Piat est chez lui au Puy du Fou. Il y vient avec joie et fait partie de la grande famille.

François Chaumette sera plus difficile à convaincre. Désertant mon stage d'Art-mines si fructueux, je fonce à la Comédie-Française, où j'ai appris que l'acteur répète une pièce tous les après-midi, bien décidé à y entrer par effraction s'il le faut. Le concierge me barre la route. J'attends un moment, je finis par tromper sa vigilance, profitant d'un assoupissement passager. Je grimpe quatre à quatre les escaliers, emprunte un couloir circulaire, sombre, chichement éclairé par des loupiotes à l'ancienne qui signalent une très ancienne institution.

Je passe devant des portes où sont vissées des plaques aux noms célèbres, jusqu'à celle qui m'intéresse. Je frappe. Pas de réponse. Je frappe plus fort. Rien. Je fais les cent pas un moment, puis de guerre lasse, après une ultime tentative, je m'éloigne, déçu. J'entends derrière moi une porte s'ouvrir, une voix irritée demander : « Qu'y a-t-il ? » Je reconnais celle de Chaumette. On dirait qu'elle jaillit de la scène. Je me retourne, l'aperçois qui bâille : confus, je me rends compte que je l'ai dérangé durant sa sieste.

Il me fait entrer dans sa loge. Il est poli, mais je le sens courroucé. Le dialogue s'engage, je me jette à l'eau :

— C'est pour un spectacle au Puy du Fou, en Vendée.

Il sursaute, se raidit comme s'il avait été piqué :

— En Vendée !

Il se reprend, me relance :

— Que voulez-vous ?

— Votre voix. Jean Piat est d'accord.

— Ma voix ? Que voulez-vous faire avec ma voix ?

— C'est pour interpréter des textes.

— De qui ?

— De moi.

Il sursaute à nouveau, mais conserve un sang-froid impressionnant. Il me jauge du regard, se convainc devant ma piètre mine qu'il ne s'agit pas d'un gag et reprend :

— De toute façon, je n'ai pas le temps : je répète dans une demi-heure.

— L'enregistrement est prévu plus tard, dans deux semaines…

— Je vous dis que je n'ai pas le temps.

Il me raccompagne. Je m'installe devant sa porte, bien décidé à ne pas céder :

— J'ai écrit ces textes pour vous. Il me faut absolument votre voix.

Il me dévisage, pensif :

— Vous êtes vendéen ?

— Oui.

— Vous savez qui je suis ?

— Vous êtes un grand comédien français.

— Ce n'est pas ce que je voulais dire. Je suis le descendant du révolutionnaire Chaumette. Envoyez-moi quand même votre texte.

Je bredouille quelques mots, la porte claque comme une gifle. Je me sens confus de ma gaffe : solliciter le descendant d'un des chefs des « Enragés » de la Terreur pour un hymne à la Vendée, il fallait oser. Ah, s'il avait accepté, quel beau symbole de l'unité française ! Je traverse le jardin du Palais-Royal, désespéré. C'est fichu, je n'y arriverai jamais. D'ailleurs, même si j'avais son accord, je n'ai pas de studio pour l'enregistrer.

J'envoie quand même le texte, sans illusions. Un article dans un vieux numéro de *L'Humanité*, qui traîne à la maison de l'Éna, me révèle par hasard que François Chaumette a une sensibilité proche du parti communiste. Je n'ai vraiment aucune chance d'avoir son concours pour mon spectacle.

Et puis, un matin, le téléphone sonne. C'est lui. Il est bref, mais le message me fait bondir de joie :

— C'est d'accord.

Au tour de Suzanne Flon à présent. J'aime sa voix si caractéristique et si prenante : c'est en pensant à elle que j'ai écrit le passage de l'Angélus. Elle me fixe un rendez-vous, pour midi. Je sonne, la porte s'ouvre. Une femme en pleurs me prie de revenir plus tard : c'est Suzanne Flon, la tête dans les mains, agitée de sanglots. Un deuil assurément, au moment précis où j'ai tant besoin d'elle. J'insiste néanmoins, avec l'impudeur qu'autorise l'incandescence de la passion : que n'aurais-je pas fait pour le Puy du Fou ? Elle finit par me laisser entrer, me fait asseoir. Je prononce timidement quelques mots à propos du deuil qui la touche. Trouvant sans doute du réconfort à parler avec quelqu'un, elle répond :

— Elle est morte ce matin... Vingt années de vie commune.

Je compatis, tandis qu'elle poursuit :

— La concierge s'est mal conduite. Elle l'a empoisonnée. Venez voir !

Sans remarquer mon ahurissement, elle m'entraîne vers la terrasse, ouvre la fenêtre, montre une cage :

— Ma perruche... Elle est morte il y a une heure.

Devant un os de seiche qui traîne au bord de la cage, remonte en moi un souvenir d'enfance vendéenne, quand mes frères et moi élevions des tortues et des perruches, à Boulogne. Cela me permet de soutenir une conversation sur l'alimentation des perruches et sur leur fragilité. Est-ce à cela que je dois l'accord que me donne sur-le-champ la grande comédienne pour enregistrer mon texte ? En tout cas, lorsque je la quitte, elle me glisse, avec un sourire presque retrouvé :

— Je ne savais pas que les énarques pouvaient s'attacher aux oiseaux de compagnie.

J'obtiens aussi l'accord de Marie Dubois. Philippe Noiret viendra plus tard, quand je remanierai le spectacle. Mais il acceptera avec la même générosité, tout comme Catherine Salviat, Denis Manuel, Michel Duchaussoy...

Le concours gracieux de toutes ces grandes voix du Puy du Fou est un démenti cinglant aux clichés sur les stars égocentriques et inaccessibles : n'ont-elles pas accédé à la demande d'un jeune inconnu, venu leur demander de participer bénévolement à un spectacle dont elles n'avaient pas la moindre idée et dont elles ne savaient même pas s'il verrait réellement le jour ?

Avez-vous résolu à temps votre problème de studio d'enregistrement ?

Non, hélas ! Les acteurs qui m'ont si imprudemment fait confiance ne savent pas que, pour eux, le pire est à venir. Il ne s'agit pas seulement de prêter leur voix, mais aussi de l'enregistrer.

Aucun studio n'était accessible financièrement. Pour rassurer les responsables puyfolais, je leur répétais inlassablement : « Tout cela ne coûtera rien ! » Mais pour que cela ne coûte rien, il fallait trouver un studio gratuit, après des acteurs gratuits. Échec. Alors j'ai trouvé une autre solution. Celle d'un garage. Oui, je dis bien d'un garage.

Un matin, au volant de ma 4L, je retrouve Suzanne Flon, Pierre Zimmer, Jean Piat et François Chaumette devant le Café de Flore pour aller enregistrer. Mue sans doute par un pressentiment, Marie Dubois a prévenu qu'elle irait par ses propres moyens.

Je n'ai pas besoin de décrire ma 4L aux vieux Puyfolais. Elle était d'ailleurs indescriptible, tant à l'intérieur qu'à l'extérieur : les sièges étaient-ils encore des sièges ? Tout le monde s'entasse à la va-que-je-te-pousse :

— Où va-t-on ?

— En banlieue.

Il règne dans la voiture une atmosphère de prise d'otages ou de rapt. Lorsque je me gare en face de l'adresse indiquée, on est au bord de la mutinerie. Avec effarement, mes compagnons de route découvrent que le studio annoncé est en fait un garage, aménagé pour la circonstance par un preneur de son amateur, avec une installation de fortune, sans amplis et avec un magnétophone de presse, un Nagra, pour tout enregistreur. L'odeur de cambouis, d'huile de vidange et de gazole crée une ambiance particulière. Une cloison qui partage le garage en deux est montée avec des morceaux de cageots en polystyrène venus de la poissonnerie voisine.

Le preneur de son, trouvé je ne sais comment, m'a demandé une somme modique que j'ai pu régler sur mes émoluments d'élève de l'Éna : je ne peux guère me montrer exigeant. Bon gré mal gré, il faut commencer à enregistrer.

À mesure que se déroule la prise de son, les bruits extérieurs s'amplifient, en dépit des cageots du poissonnier et de la porte du garage. Au moment où Jean Piat attaque son texte, un chien malotru se met à aboyer comme seul peut le faire un canidé en présence d'ultrasons : sans s'arrêter. Piat s'interrompt, lance à la cantonade :

— Faites-le taire !

On calme l'animal. L'acteur reprend :

— En cet été de 1793...

— Ouahou, ouahou... !

Piat s'interrompt à nouveau, se tourne vers moi, me foudroyant du regard :

— Je ne sais si vous vous rendez bien compte de la situation. Nous sommes dans un garage de banlieue, au milieu de cageots et d'odeurs de vidange, avec en bruit de fond un chien enragé.

Il marque un temps, puis demande, glacial :

— Que fait-on ?

On fait taire le perturbateur, le Nagra tourne à nouveau et l'acteur reprend son texte. Nouveaux aboiements. Très calme, Jean Piat se lève, quitte le garage. Je le rattrape par la manche, l'implore de revenir. À la sixième ou septième prise, je ne sais plus, Jean Piat, fatigué, excédé, envoie sa tirade d'un trait, plus élégant que jamais. C'est cette prise que les spectateurs entendent chaque soir, lorsque le château s'embrase. Ces spectateurs peuvent-ils imaginer un instant que la plupart des textes dont ils savourent l'interprétation ont été enregistrés sur un Nagra, dans un garage de la banlieue parisienne, la participation — bénévole elle aussi — du chien anonyme ayant été gommée sur la bande par Claude Roussel au prix de prouesses techniques qui me dépassent ?

Plus tard, pour Noiret et Duchaussoy, nous aurons les moyens d'un véritable studio d'enregistrement. Et vous pouvez être sûr que j'ai veillé à ce qu'il n'y ait aucun chien dans les environs.

Georges Delerue a-t-il été lui aussi de cette aventure burlesque ?

Non, il est venu plus tard. Je le voulais dès le début, bien évidemment, malgré la faiblesse de nos moyens. Je l'avais contacté, mais nous avons vite renoncé.

C'est le 26 août 1981 qu'il découvre le Puy du Fou. Il est conquis, se dit prêt à faire quelque chose avec nous, alors que, depuis son installation en Californie, où les Américains sont seuls en mesure de lui consacrer des budgets à la mesure de son talent, il ne veut plus faire de musique de film en France.

Dès le lendemain, chez Gabychat, au Boupère, nous proposons à Delerue de se soumettre à la loi puyfolaise en renonçant à ses droits d'auteur s'il accepte de composer la musique du spectacle, droits qui seront versés à un Fonds musical destiné à aider les initiatives locales dans ce domaine. En échange, le Puy du Fou mettra à sa disposition, pour créer et enregistrer cette musique, des moyens qu'il n'aura jamais eus en France ou même aux États-Unis.

Surpris, Georges se tourne vers sa femme Colette. Elle-même n'en revient pas de voir une association de province proposer monts et merveilles à son mari. Le compositeur réfléchit, puis lance, comme un défi :

— Je veux Lily Laskine, l'Orchestre national de France et les chœurs de l'Opéra !

— Tu auras les trois.

Rentré chez lui, il se met au piano devant un magnétoscope où défilent, son coupé, les images du spectacle. Il mêle à sa propre inspiration des airs de musique populaire du bas Poitou, province d'où est sorti le département de la Vendée.

Chose promise chose due : l'œuvre de Delerue est enregistrée en triphonie, salle Wagram, avec les artistes qu'il réclamait, 73 musiciens et 92 choristes, auxquels sont mêlés quelques artistes vendéens, avec leurs veuzes[1], leurs piboles[2] et leurs sabots à musique[3], aux sonorités si particulières des fêtes paysannes du temps jadis.

Lors de la première de la saison 1982, la foule debout, qui s'arrache aux bancs de la tribune comme l'Esclave de Michel-Ange échappant à ses chaînes, acclame longuement le chef-d'œuvre du grand musicien Georges Delerue, malheureusement disparu voici quelques années. En 2003, nous avons fait appel au grand compositeur Nick Glennie-Smith, pour une première mondiale : une décomposition du son en douze pistes.

Comment les dernières semaines avant le grand soir, celui de la première, se passent-elles ? Parviendrez-vous, malgré vos difficultés chroniques, à tenir les délais impartis ?

Dans les ultimes semaines, la tension monte de tous côtés. Rien n'est prêt : ni la tribune de

---

1. Cornemuse du marais vendéen.
2. Hautbois vendéen.
3. Sorte de violon sans manche dont la caisse de résonance est un sabot, utilisé autrefois dans les campagnes.

2 500 places, installée de guingois, avec une tubulure pour le moins artisanale, ni les installations lumineuses, ni les portiques des installations sonores. Il faut affronter les fournisseurs, qui n'ont toujours pas vu le moindre centime entrer dans leurs caisses : malgré notre ligne de crédit auprès de notre banquier, prolongée de semaine en semaine grâce à l'entremise d'Alain Chrétien, nous ne pouvons honorer nos engagements.

La première répétition générale est repoussée aux calendes grecques parce que nous n'avons pas encore reçu le matériel du jeu d'orgues. Le 15 mai, un mois avant la première représentation, nous n'avons toujours pas la moindre idée de ce que donnera l'éclairage scénique. Pour l'instant, le Puy du Fou est dans la nuit noire.

Il n'y a pas que des nuits noires, il y a parfois aussi des journées noires. L'une d'elles est restée dans la mémoire collective des Puyfolais, tant elle frappa les témoins de l'époque. Je vois arriver, un matin, quelque part entre l'étang et la tribune, une douzaine de fournisseurs, fous furieux, que Jean-Marie Delahaye s'efforce en vain de calmer. Le plus vindicatif me montre du doigt, me tenant pour le principal responsable de ce qui va être, selon ses termes, « un gigantesque bide ». Il éructe littéralement :

— Dans un mois, on vous mettra une meule autour du cou et vous partirez au fond de l'étang !

L'expression est explicite, avec un regard d'airain qui ne laisse pas d'impressionner. Je suis sonné et, pour une fois, ce n'est plus moi qui rassure mes amis, ce sont eux qui me portent : « Ne te tracasse pas, on va réussir. » Je ne suis qu'à moitié convaincu.

La pluie s'en mêle dans l'ultime semaine. Nous n'avons pas les moyens d'assurer l'étanchéité des circuits lumineux, qui sautent les uns après les autres. Une mère de famille m'interpelle :

— Tu n'as pas le droit de prendre de tels risques avec une installation pareille ! Regarde le manège au milieu de l'étang : tu sais que l'eau est un formidable conducteur électrique ?

La conjonction des dangers est effectivement au rendez-vous. L'enchevêtrement de chevaux qui s'emballent au moindre imprévu, de charrettes qui menacent à tout moment de verser dans l'étang, d'acteurs à la marche mal assurée dans le noir, la présence d'enfants de tous côtés, les escarpements, l'île, la profondeur de l'étang dans l'obscurité, la concentration d'électricité et d'artifices…

La première saison sera rude, dans ces conditions. Les artificiers se souviennent d'une soirée de juin où nous avons frôlé le drame. Nous utilisions des pétards de forte puissance, appelés « fougasses », véritables bombes pyrotechniques à haute dose de décibels et nécessitant des espaces vides pour s'exprimer. Lors de la troisième soirée, un vendredi, un éclat de fougasse blesse un Puyfolais à la main. À une heure du matin, la représentation terminée, nous décidons de trouver un système de protection pour la soirée du lendemain.

Je ne suis pas près d'oublier cette soirée. Les artificiers imaginent d'utiliser pour leurs fougasses des bacs de récupération en fonte, provenant d'un garage voisin. Lors de la grande scène de bataille entre Vendéens et Bleus, alors qu'explosent les premières fougasses, j'entends derrière moi une spectatrice s'écrier avec admiration :

— C'est une vraie guerre !

Et pour cause : à chaque explosion, l'effet de souffle fait éclater la fonte, dont les éclats jaillissent vers la tribune.

Vos éclats de fonte, c'est carrément ce qu'on appelait les « marmites » à Verdun, non ?

J'en ai peur. C'est à ce moment qu'on vient m'avertir :

— Une dame a été scalpée !

Une ambulance arrive. Je bondis aux nouvelles. Une spectatrice, assise au premier rang, a effectivement été atteinte à la tête par l'un de ces maudits éclats. Par miracle, le morceau de fonte lui a légèrement déchiré le cuir chevelu, de façon relativement bénigne.

Quelques jours plus tard, je reçois une carte de cette dame, qui m'écrit avec humour : « Merci d'avoir fait un spectacle si vrai. On s'y croirait ! Je reviendrai avec mes petits-enfants. » Nous la revoyons effectivement quinze jours plus tard, affirmant qu'elle veut découvrir la fin du spectacle quitté prématurément. Il va sans dire que désormais toutes les précautions sont prises pour que les fougasses restent bien sages : on leur donne de l'espace pour s'exprimer.

On prenait des risques en étant spectateur, à cette époque-là !

On en prend aussi en étant puyfolais. Un soir de représentation, la courroie qui fait tourner le moulin à eau de l'île claque, le rendant inutilisable. Pierre-Philippe Robin, un artificier, se souvient qu'il possède une courroie de ce genre chez lui, va la chercher, la ramène. L'ennui, c'est que l'un des responsables de l'île, Joseph Puau, a eu la même idée.

Joseph et « Pierfi » reviennent l'un et l'autre au même moment, se précipitent vers le moulin par deux chemins différents et, à pleine vitesse, se télescopent dans la nuit noire, l'île étant plongée dans l'obscurité pendant la scène du « Pardon de Bonchamps », lors de la guerre de 1793. Le choc des deux têtes l'une contre l'autre est terrible, au point que « Pierfi » est hospitalisé d'urgence, victime d'un enfoncement de la boîte crânienne. Nous avons tous eu très peur pour lui. Aujourd'hui encore, le responsable des artificiers porte sur le front le souvenir de cette « blessure de guerre », reçue lors d'une mission au service du Puy du Fou.

Avez-vous eu de gros pépins pendant cette période ?

On croit que tout a été facile pour nous. Et pourtant, les difficultés n'ont pas manqué, vous l'avez vu. Quant à de véritables « pépins », comme vous dites, j'ai le souvenir de deux d'entre eux, de taille.

Dans la nuit d'un vendredi au samedi, entre deux représentations, la foudre tombe sur le transformateur, caramélisant l'ensemble des installations électriques. Il reste neuf heures pour réparer avant la prochaine séance, changer le transfo, le jeu d'orgues. Jean-Claude Lérin et son équipe jouent le tout pour le tout, contre la montre. Le samedi soir, tout est prêt, le spectacle peut avoir lieu, au prix seulement d'une demi-heure de retard.

L'autre gros pépin, resté inexpliqué, est l'explosion, à l'été 1984, de la poudrière, où sont stockés tous les engins artificiers de la saison. Un dimanche, en pleine nuit, Jean-Marie est alerté par téléphone : « Le Puy du Fou est en feu ! » Un voisin puyfolais a vu les flammes et a eu le réflexe de prévenir le président de l'Association. Jean-Marie appelle les pompiers, puis accourt sur le lieu du drame. Un spectacle de désolation lui met les larmes aux yeux : les bois et les taillis entourant le Puy du Fou crépitent comme des torches.

Le tapis précoce de feuilles mortes constitue un combustible de premier choix.

Jean-Marie se met en quête de Clément Bibard, le gardien. Il le retrouve littéralement hébété, incapable de parler, en état de choc. Lors de l'explosion, l'effet de souffle l'a arraché du sol et l'a jeté à sept mètres de l'endroit où il se trouvait. La puissance de la déflagration a été telle que des blocs de béton de plus de cent kilos ont été projetés à cent cinquante mètres de la poudrière, et que les vestiaires en dur du « village » de l'Allée romaine ont été pliés sous le choc. Clément se souviendra longtemps de cette aventure pas prévue au programme.

Accident ou acte de malveillance ? L'enquête ne permettra pas de le découvrir. En tout cas, c'est depuis ce jour que nous veillons à ce que les artifices nécessaires pour la saison soient livrés en plusieurs fois.

C'est à la suite de cela que vous vous montrez si sourcilleux sur les problèmes de sécurité ?

Aujourd'hui, la sécurité est la première priorité de tout le dispositif puyfolais. La sécurité du spectacle — tous les circuits sont doublés : cinq groupes électrogènes sont prêts à démarrer en cas de coupure d'électricité, sans que la distribution soit interrompue ; la bande-son numérique défile en trois exemplaires, au cas où la première aurait une faiblesse — mais également la sécurité des spectateurs.

Personne ne se doute de ce qu'est aujourd'hui l'infirmerie du Puy du Fou et l'organisation des secouristes, tous bénévoles eux aussi : on en compte soixante-dix au Puy du Fou, dont quarante présents à chaque représentation. Nous avons notre propre ambulance, nos médecins de permanence — bénévoles, bien sûr —, une coopération très efficace avec les sapeurs-pompiers des environs. Nous avons désormais un matériel et une salle d'urgence permettant d'opérer sur place si nécessaire.

Les acteurs sont eux-mêmes protégés en permanence. Des secouristes déambulent sur l'aire scénique en costumes d'époque, avec des brancards qui correspondent à l'iconographie du temps. Savez-vous que les moines de la quintaine sont en réalité des secouristes qui veillent au grain ?

L'étang aussi est sous surveillance, avec une régie spéciale, celle des plongeurs. Il y a chaque soir de représentation dix hommes-grenouilles (sur une vingtaine au total), en combinaison, avec leurs bouteilles, prêts à se jeter à l'eau si un cavalier ou une danseuse y tombe. Chacun a sa zone de surveillance.

Tout cela est rodé, contrôlé, testé, décentralisé. Rien ne remonte au sommet, sinon les grands projets et les vrais soucis. Tout le reste est confié à la base : le planning et l'organisation pratique se font dans le cadre des régies, des « villages » et des « cabanes ». Et c'est le charisme personnel et le sens des responsabilités qui valent à ceux qui en sont dotés de se voir confier la direction d'une structure puyfolaise.

Ainsi pour Jacky Sabiron, l'ancien « patron » du « village » de la Pêcherie. Quel destin que celui de ce mitron devenu grâce à son autorité et à sa compétence responsable éducatif dans un grand établissement scolaire du haut bocage, et que son verbe haut et sa prestance désignaient tout naturellement pour prendre en charge les « Balladins », la troupe théâtrale des Puyfolais.

Les services s'organisent eux aussi...

Qu'appelez-vous les services ?

Il s'agit de tout ce qui n'est pas le spectacle proprement dit, mais qui permet au spectacle d'avoir lieu : l'accueil, la sécurité, la technique… Tout ce qui n'est pas sous les feux de la rampe, mais qui est indispensable.

C'est François Roy, un ancien gendarme, à qui échoit la redoutable charge de piloter ces services. Il y fera merveille, de la mise en place de nouvelles tribunes à l'organisation des parkings. Ses successeurs lui emboîtent le pas, avec le même esprit et la même précision.

DEUXIÈME PARTIE

La part du rêve

De péripétie en péripétie, le jour de la première finit par arriver, le 16 juin 1978.

Journée d'angoisse. Ça commence mal. Il pleut depuis le matin. Les parkings improvisés dans les prairies alentour sont noyés. Une heure avant le début du spectacle, le ciel se dégage enfin, comme si la Providence nous donnait un signe.

Les tribunes sont pleines, mais les deux mille cinq cents places sont occupées en réalité par des invités non payants. On vient par curiosité, ou pour assister au « bide » promis au jeune présomptueux. Ouvrant son parapluie, un notable goguenard s'écrie : « Et en plus il pleut ! » Ce « et en plus » est savoureux et cruel.

À minuit et demi, le public a basculé. Le ciel

est étoilé, les étoiles sont aussi dans les cœurs. Les invités sont debout, pour acclamer les acteurs qui pleurent de joie. On vient me chercher à la régie : l'émotion est trop forte, les acteurs nous portent sur la planche de la brioche[1], et on danse, on tourne. Les trois cents acteurs scandent : « On a gagné ! » en tapant dans leurs mains. La fête dure jusqu'à cinq heures du matin dans la cour du château.

C'est le lendemain, ou plutôt le lendemain soir, qui constitue l'épreuve de vérité : le samedi, il n'y a plus d'invités, l'entrée est payante. Renée Bossard m'annonce trente réservations. De fait, il n'y aura que mille personnes. C'est la seule fois de ma vie où j'ai vu les tribunes du Puy du Fou à moitié vides.

La représentation achevée, réunion de crise dans la cour du château, à minuit et demi. On pressent l'effilochage, le plouf progressif : dès lundi, les fournisseurs vont appeler, harceler le secrétariat. J'entends autour de moi les premières réflexions : « Le texte est trop intellectuel », « Le

1. Ronde du haut bocage, la danse de la brioche s'exécute en faisant tourner à bout de bras un plateau portant cette spécialité vendéenne.

spectacle commence trop tard», «L'endroit est trop éloigné». C'est la grande nuit du doute.

Et puis les tribunes vont se remplir à nouveau...

Il faut attendre trois semaines pour nous convaincre que nous tenons le bon bout. La suite est une montée continue : dès la fin juillet, nous sommes débordés. Nous sommes même obligés de vendre au dernier moment des billets spéciaux pour ceux qui préfèrent s'asseoir dans l'herbe plutôt que de repartir, faute de places. C'est là qu'est née une expression devenue célèbre au Puy du Fou : les «billets verts».

À la dernière soirée, le 25 août, ce sont cinq mille cinq cents personnes qui ovationnent les acteurs. L'objectif qui faisait tant rire les sceptiques et les raisonnables est pulvérisé. Dans la cour du château, on chante en dansant d'un pied sur l'autre le refrain de Luc : «Le chiffre de vingt-cinq mille spectateurs peut paraître utopique...» Dans le «braillard», Jean-Marie annonce : «Nous sommes à quatre-vingt-deux mille!» On se félicite, on s'embrasse, on avale un verre de piquette. Col de chemise défait, je détache de mon esprit l'image obsédante de la meule accrochée à mon cou : non, je n'irai pas au fond de l'étang!

C'est ce soir-là que vous rencontrez Bruno Retailleau, qui va devenir votre bras droit et qui assure aujourd'hui votre succession comme metteur en scène du spectacle.

Il est trois heures du matin. On boit aux premières heures. Il est cinq heures, on boit à l'avenir, la fête bat son plein. Le jour se lève, c'est déjà la nostalgie : il va falloir attendre un an pour que tout recommence. Paul, un « ancien », me prend par le bras :

— Ils vont pas nous le voler, notre Puy du Fou ?

— Qui, « ils » ?

— Les jaloux, les importants.

Un groupe de jeunes s'approche. L'un d'eux fait office de porte-parole :

— On est venus te remercier de nous avoir fait partager ton rêve. Le Puy du Fou a changé nos vies, nous a donné un but dans nos loisirs.

Je pense en moi-même que j'ai bien de la chance d'avoir réalisé mon rêve, à une époque où l'on dit trop souvent que les rêves ne sont faits que pour être rêvés, et seulement par des enfants, car les adultes ne rêvent plus. Je pense aussi que j'ai bien de la chance de voir des jeunes, garçons et filles, encore capables de s'enflammer. Je leur demande d'où ils viennent : ils sont de Saint-Malo-du-Bois, de Mouchamps, de Mallièvre... J'interpelle le meneur de la bande, lui demande son nom, ce qu'il fait :

— Bruno Retailleau, seize ans. Acteur à la cavalerie.

— Et tes études ?

— Je prépare le bac à Saint-Laurent-sur-Sèvre.

Je réalise alors que je l'avais déjà repéré, le jeune Bruno. J'avais déjà remarqué sa vivacité, son rayonnement auprès de ses copains, sa passion pour le Puy du Fou. Il est le fils de l'un des trois ou quatre maires qui ont entraîné l'adhésion de leurs administrés, balayant les dernières hésitations des derniers vents mauvais de l'automne 1977.

Je suis ému par l'enthousiasme de ces adolescents — Véronique (qui est aujourd'hui conseiller général et député, l'un des plus jeunes de France), Marie-Dominique, Hugues — et leur lance :

— Je prépare la relève. C'est vous !

Bruno prend très au sérieux mes propos et décide de suivre, après son bac, le même cursus. Il fera Sciences-po, dont il sortira lauréat, avant de devenir directeur d'antenne d'Alouette-FM, puis directeur général de Sciences-com, à Nantes. En 1984, je déciderai d'en faire mon adjoint, puis de lui confier ma succession comme metteur en scène. Aujourd'hui, Bruno excelle dans tout ce qu'il entreprend. Il est devenu sénateur.

Il n'y a jamais eu de frictions entre vous ?

Depuis tout ce temps, je n'ai pas le souvenir d'une seule divergence d'analyse dans les améliorations que Bruno souhaite apporter chaque année au spectacle et dont nous parlons régulièrement tous les deux.

Vous savez, si, pendant vingt ans, il n'y a jamais eu le moindre problème à la base, au Puy du Fou, c'est parce qu'il n'y a jamais l'ombre d'un problème au sommet. Une amitié forte, solide, vraie, soude les responsables. Le Puy du Fou repose sur cent cinquante « cadres » qui se réunissent fréquemment, se parlent franchement, partagent les mêmes joies, les mêmes craintes, les mêmes peines quand se produit la disparition d'un grand ancien, comme René Guicheteau, Maryvonne Ménard, Albert Hérieau, Maurice Loizeau, Jean Boisseau, Jacques de Villiers, Gabychat, Serge Laborieux, Jacqueline Jallier... Le Puy du Fou est dans la peine. Le Puy du Fou est dans la joie.

Ce succès montre à quel point la ténacité, l'obstination, la passion aussi ont payé. Mais il n'était pas assuré d'avance. Vous ne vous êtes jamais découragé ?

La ténacité, oui, bien sûr. Mais ce n'est pas là l'essentiel. La persévérance ne suffit pas, la passion non plus : il faut avoir la passion de l'œuvre. C'est le sens du dialogue entre François Michelin et l'un de ses cadres à qui il demandait sa définition du travail. À son interlocuteur, qui lui répondait de façon convenue : « Effort, rigueur, méthode », l'industriel rétorquait :

— Non, monsieur ! Le travail, c'est accomplir une *œuvre*. La rigueur et la persévérance ne sont que des moyens. Ce qui compte, c'est l'œuvre, c'est-à-dire le but, la construction.

Si j'avais à laisser un message aux jeunes Puyfolais, c'est cela que je voudrais leur dire : une société se perd dès lors qu'elle substitue les moyens aux fins. Au Puy du Fou, c'est l'œuvre qui compte toujours à nos yeux. Il faut peut-être faire des efforts, faire preuve de rigueur, mais à quoi sert-il d'être méticuleux s'il n'y a pas une œuvre en fin de compte ? À quoi sert-il d'avoir des yeux si l'on ne sait plus quoi regarder ? La jeunesse d'aujourd'hui a le regard perdu parce qu'on n'apprend plus à son regard vers quoi monter.

Quand on y pense, toutes les conditions étaient réunies pour échouer ?

C'est vrai. Elles étaient réunies comme pour une expérience de chimie dans un laboratoire, avant l'explosion.

Il y avait d'abord un total enclavement. On pouvait difficilement concevoir un endroit plus difficile d'accès, à l'intérieur des terres, au creux du haut bocage, avec des ruines anonymes, à grand-peine desservies par un lacis de routes où deux autocars pouvaient difficilement se croiser. Pour faire le voyage au Puy du Fou, à l'époque, il fallait vraiment être motivé, témoigner d'un acharnement comme pour un jeu de piste.

Seconde condition pour échouer : une totale

inexpérience — la mienne en tant que metteur en scène, celles des premiers convaincus en tant qu'acteurs et l'incompétence de ceux que j'ai promus d'entrée de jeu « techniciens ».

Je revois mes interlocuteurs à qui j'assenais fièrement :

— Ce ne sera ni du théâtre, ni un son et lumière, ni du cinéma. Ce sera plus grand que le théâtre, plus vivant que le cinéma, plus rapide que le son et lumière.

La réponse fusait, toujours la même :

— Ce sera quoi au juste ?

La troisième condition, on l'a vu, ce fut la totale absence d'assentiment populaire, au début. Contrairement à ce que l'on croit généralement, je ne suis pas né dans le haut bocage. C'est loin de là, à Boulogne, dont mon père était le maire et où se trouve la maison familiale, que j'ai appris à aimer la Vendée, au long de la Boulogne, mon fleuve à moi. Mon projet apparaissait comme une greffe sur une toile cirée : « On ne vous a pas attendu ! »

Le manque d'argent venait enfin clore ce carré magique de l'échec. On n'imagine pas la batterie de préoccupations qui était le lot commun de toutes les réunions du Comité de lancement.

Ce succès inattendu, comment décidez-vous de le «gérer»?

À partir de l'automne 1978, tout change de perspective. On n'envisage plus le Puy du Fou dans l'instant mais dans la durée. Nous décidons d'investir à fond : nouvel ordinateur, nouveaux jets d'eau (ceux de la première année étaient des tuyaux d'arrosage pour le maïs), nouvelle tribune… Nous agrandissons la tribune qui passe ainsi de deux mille cinq cents à quatre mille places.

Pour remplacer notre installation de fortune, nous faisons appel à une entreprise spécialisée. À partir des études effectuées par les techniciens de celle-ci, trois cents Puyfolais s'emploient à monter les tubulures et les bancs. Lorsque nous nous y installons, avec Jean-Marie, Renée et quelques autres, à l'occasion d'une répétition, nous nous apercevons d'un défaut de conception : à partir du dixième rang, les spectateurs ne pourront pas voir le devant de la scène. Il est impossible d'organiser des représentations dans ces conditions.

Dès le lendemain matin, à l'aube ou presque, Jean-Marie intercepte Michel Bossard : «On démonte tout!» Michel s'arrache les cheveux. À midi, toute la tribune est démontée. Entre-temps, Jean-Marie a convoqué les techniciens et les a mis en demeure de chercher une solution. Ils la trouvent, téléphonent à Tours pour obtenir le matériel nécessaire pour surélever les gradins. À 13 heures, les camions arrivent. Le soir, la tribune de quatre mille places est remontée : une armée de volontaires s'était présentée pour mettre la main à la pâte.

Un an après, nous constatons que nous avons vu trop petit : il faudra passer à six mille, puis dix mille, douze mille…

En 1987, nous ferons édifier une tribune panoramique en dur, œuvre d'un grand architecte, Denis Laming. De la terrasse du château, on s'extasie devant la pureté de ses lignes, de la gradation verticale des coloris, du vert de la pelouse au bleu du ciel. C'est un chef-d'œuvre ! L'année du vingtième anniversaire est aussi celle d'une tribune encore agrandie, ce qui porte la capacité d'accueil à quatorze mille places assises.

Le spectacle évolue-t-il de même ?

Pour l'améliorer, j'ai la même aune depuis le début : repérer, traquer, éliminer les « longueurs ».

Je pense toujours à la définition de la « longueur » donnée par Claude Lelouch : « C'est quand, au montage, devant l'écran de contrôle où défilent les images, je vois le monteur allumer discrètement une cigarette. »

Au Puy du Fou, c'était la même chose quand je voyais les spectateurs se recaler sur les bancs, ou sur les sièges, selon les époques. Les premières années, les corps bougeaient. Après des coupures, des recoupures, avec un spectacle plus ramassé, au bout de quelques années, les corps ne bougeaient plus, mais les épaules remuaient encore à certains moments. Lors de l'assemblée générale de 1982, devant les quinze cents Puyfolais de l'époque, j'ai pris un pari :

— Dans dix ans, les épaules mêmes seront immobiles comme celles de statues de sel ! Le jour où le spectacle sera vraiment réussi, c'est quand seules bougeront les têtes des spectateurs, c'est-à-dire quand la tribune sera plongée durant une heure quarante dans un grand moment de silence, témoignant d'une profonde communion devant la beauté.

Ce moment a fini par arriver : c'est le petit mystère du Puy du Fou. Les gens font la « ola » en attendant le début du spectacle, s'interpellent, lancent des quolibets, comme dans un stade de football. Mais dès les premiers instants, s'arrachant au brouhaha et au chahut dignes d'un concert rock, le Puy du Fou s'enfonce dans le silence et le recueillement d'une célébration. Cela dure jusqu'à la délivrance du final, qui déchaîne le trop-plein d'émotion et d'enthousiasme.

Cela va bien au-delà du respect des acteurs : c'est le pressentiment physique qu'il va se passer quelque chose, c'est le signe que se tissent les fils invisibles reliant chacun des spectateurs à une grande communauté humaine et artistique.

Lorsque l'on assiste à une représentation, on est pris par tout un ensemble : la poésie du texte, l'emprise des voix, des couleurs, de la musique. Mais les acteurs contribuent puissamment eux aussi à transmettre cette émotion qui serre la gorge du spectateur, lorsque les fées dansent sur l'eau, lors de la scène des semeuses, celle de la mort de Bonchamps, ou encore, dès le début, l'évocation de la coulée des siècles, avec des acteurs figés comme pour l'éternité dans des costumes de toutes les époques. De l'aire scénique, on entend le « oh ! » de stupeur et d'enchantement qui déferle des tribunes.

Sur scène, les Puyfolais ne sont pas des acteurs ni des figurants qui évoluent en play-back : ce sont des « actants ». Ils ne jouent pas, ils interprètent, ils prolongent les actes du passé, ils retrouvent les gestes, les mots de leur grand-père ou de leur grand-mère : « prendre une petite poignée de feu », « on se cabosse avec la vie » sont des expressions entendues dans les fermes de Vendée il y a encore trente ans. Pour chaque acteur, le spectacle est un acte de respect et de recréation, mais aussi de fierté et de confiance en l'avenir.

J'imagine que les promesses de la première saison et les interrogations qu'elles suscitent quant à l'avenir du Puy du Fou ont, à partir de ce moment-là, des répercussions sur votre propre plan de carrière ?

Dès le 15 septembre 1978, un mois après la dernière représentation de cette première saison, je suis convoqué par Robert Pandraud, directeur général de l'administration du ministère de l'Intérieur.

C'est que j'appartiens en effet à cette maison. L' « amphi garnison » de l'Éna — où s'effectuent les choix de postes, en fonction du classement de sortie — qui a eu lieu en juin, trois jours avant la première, constitue, pour moi, une surprise. Mon classement me permet en effet de choisir le corps préfectoral, très recherché à cette époque où la décentralisation — instituée quelques années plus tard — n'était pas encore venue rééquilibrer la toute-puissance des préfets dans les départements.

Me voilà donc sous-préfet ! Je pense déjà avec ma femme, Dominique, à ces lambris dorés sous lesquels il faudra aller vivre « le reste de notre âge », faisant bonne figure devant des notables compassés et méfiants. Mes amis ne m'épargnent pas les sobriquets sur le « sous-préfet aux champs », le « sous-préfet saltimbanque ». Ils fredonnent *Je suis un soir d'été* de Brel : « À la sous-préfecture on fête la sous-préfète… »

Quelques années plus tard, nous entonnerons cette chanson dans une grange près de Vendôme, où je suis en poste, avec des Puyfolais de passage, venus me dire bonjour à la sous-préfecture, et un orchestre improvisé : le chanteur Maxime Le Forestier à la guitare, Gabychat et sa femme Madeleine à l'accordéon et… le sous-préfet à l'harmonica.

Tirant sur sa pipe, Pandraud m'annonce :

— Vous allez avoir un beau poste : vous êtes

nommé directeur de cabinet du préfet de la Charente-Maritime.

Le directeur du ministère n'ignore pas qu'une affectation à La Rochelle, à deux heures du Puy du Fou, ne peut que me combler. Il devine ma joie contenue. Il ne voit d'ailleurs pas d'un mauvais œil l'idée qu'un sous-préfet puisse s'occuper de culture populaire. Mais il insiste sur la recommandation d'usage quant à la nécessité de ne pas quitter mon département d'affectation, hors autorisation expresse de mon préfet.

Celui-ci se montre-t-il compréhensif?

Pas vraiment. Début octobre, j'arrive à La Rochelle pour prendre mes fonctions à la préfecture. Je me présente au préfet, Maurice Theys, et comprends très vite que le courant passe mal entre nous. C'est un petit homme colérique, toujours un peu essoufflé, le visage convulsif, procédurier et prompt à la panique. On devine qu'il ne sourit qu'à ses parapheurs et à ses supérieurs, la main posée sur le téléphone, guettant les appels de Paris.

C'est un personnage de spectacle, à la Louis de Funès !

Oui, mais la différence, c'est que Louis de Funès me faisait rire, pas mon préfet. Il ne manifeste en tout cas aucune chaleur à l'égard de son nouveau collaborateur. Les premiers contacts sont purement hiérarchiques. Quand il apprend, quelques jours plus tard, que son directeur de cabinet est également le créateur du spectacle du Puy du Fou, dont la réputation vient seulement de venir jusqu'à lui malgré la proximité géographique, il me convoque séance tenante :

— Villiers, il faut choisir. C'est soit la préfectorale, soit le théâtre, mais pas les deux !

Étonné par le mépris qu'il manifeste pour la culture, j'essaie de lui faire comprendre que les deux sont compatibles. Il me coupe :

— Ici, le patron, c'est moi ! Sachez-le !

Quelques années plus tard, quand je lancerai la Quinzaine Balzac à Vendôme, je repenserai avec un amusement teinté de commisération à cette certitude arrogante : le service de l'État est inconciliable avec celui des arts et des lettres.

Monsieur le préfet n'est pas au bout de ses surprises. Moins d'une semaine après sa première mise en demeure, je suis à nouveau convoqué dans le grand bureau exécutif. Le préfet m'attend en déambulant de long en large, comme à la recherche d'un objet à fracasser contre les murs pour exprimer une colère qui le congestionne.

Il s'assied derrière sa table de travail, reprend son souffle tout en me faisant signe de la main de rester debout. Il me tend un document, un peu à la manière d'un juge d'instruction :

— C'est bien vous ?

Je regarde. C'est un article du mensuel *Vie publique*, illustré par une photo où l'on voit sur l'aire scénique du Puy du Fou un personnage qui me ressemble comme un frère et qui fait jaillir des flammes de sa bouche. Le titre de l'article est sans équivoque : « Le sous-préfet cracheur de feu. »

C'était bien vous sur la photo ?

Oui. Dans mon scénario figurait une scène comportant un bateleur crachant le feu. Bien évidemment, personne au Puy du Fou n'a voulu tenir le rôle et il a fallu que je « m'y colle ». Sur le plateau de Beaubourg, à faible distance de l'ancienne Cour des Miracles, au milieu des joueurs de bonneteau et des jongleurs, j'ai fini par rencontrer quelqu'un qui a bien voulu m'initier. C'est finalement une technique très simple, que j'ai très vite assimilée.

Vous avez la recette ?

C'est très facile. Il suffit de se remplir la bouche de quelques gorgées de cacao pur ou de kerdane et, ensuite, de souffler sur une torche, et de procéder par vaporisation très fine. J'ai transmis mon savoir à Dany, un Puyfolais du village de la Pêcherie, qui a par la suite formé de nombreux successeurs.

Cette péripétie a fait cracher des flammes à votre préfet de La Rochelle, si vous me passez l'expression.

Ça, on peut le dire ! La photo est sans appel. Insensible à l'article élogieux, qui se félicite de ce que la technocratie se rapproche de la vie quotidienne, Maurice Theys s'échauffe :

— Villiers, vous crachez souvent ?

— Non, monsieur le préfet. Par intermittence seulement.

— Vous rendez-vous compte du ridicule que

cela attire sur le corps préfectoral, et surtout sur moi ? Il y a trois jours, le Cid-Unati a mis le feu à des pneus devant Chez Serge[1] et a enflammé le parapet, et j'apprends à présent que mon directeur de cabinet crache le feu !

Avec un humour parfaitement involontaire, il me jette, découragé :

— Villiers, vous êtes grillé !

Votre statut, inédit dans la fonction publique, de sous-préfet-créateur artistique, vous a effectivement suivi dans votre carrière administrative ?

Il faut croire que non puisque, sept ou huit mois plus tard, Jacques Chirac m'a demandé d'être son chef de cabinet à l'Hôtel de Ville de Paris. Je n'ai pas pu accepter ce poste intéressant, qui aurait exigé une présence intensive dans la capitale pendant les week-ends que j'entendais consacrer au Puy du Fou. Plus tard encore, c'est le président de la République de l'époque, Valéry Giscard d'Estaing, qui me choisira personnelle-

1. Cid-Unati : groupement de commerçants et d'artisans « en colère » ; Chez Serge : restaurant à la mode, sur le port de La Rochelle.

ment pour être sous-préfet de Vendôme, dans un département ayant l'avantage de n'être pas trop éloigné de la Vendée.

Si je comprends bien, vous acceptez de servir l'État à condition que cela ne lèse pas le Puy du Fou ?

À condition que ce soit compatible. Dès l'automne 1978, tout change pour moi, je vous l'ai dit. Jean-Marie, Gabychat, Renée, Alain débarquent à La Rochelle pour m'annoncer que la première saison a permis, une fois nos nombreuses dettes « épongées », de dégager un excédent de 400 000 francs, une somme coquette à l'époque. Ils sont perplexes :

— Qu'en fait-on ? Et que va devenir le Puy du Fou puisque tu as choisi de nous quitter ?

Et Jean-Marie d'ajouter :

— Nous avons mis un enfant au monde. Maintenant, il va falloir l'élever.

— Il n'a jamais été question de vous quitter. Entre le Puy du Fou et la préfectorale, je choisirai toujours le Puy du Fou. Personne ne peut m'interdire d'occuper mes dimanches à notre aventure.

J'ai déjà l'intuition de ce qu'il faut réaliser. Il faut faire du Puy du Fou une Maison des jeunes et de la culture réussie, c'est-à-dire le contraire de ce qu'ont donné celles qui ont été créées par Malraux.

Vous avez le sentiment que Malraux a échoué ?

Son idée de départ était géniale. Mais les Maisons de la culture sont devenues très vite des alvéoles de bureaucratie culturelle et de création convenue sous des allures d'anticonformisme provocant.

La culture populaire, c'est autre chose : c'est un jaillissement de création au cœur même de la population, c'est le peuple qui se prend en main sans intervention extérieure. Les Maisons de la culture, c'est une culture octroyée de Paris, animée par des bureaucrates, les fameux « socio-cul », qui imposent leurs vues, leurs préjugés. Regardez l'expression « animateur culturel », comme elle est caractéristique : animer = donner une âme. On envoie un « animateur culturel » pour « donner une âme ». Quel mépris !

Le Puy du Fou résulte d'un choix collectif : la volonté d'épanouir une culture exprimée par chacun, portée au tréfonds de soi, jaillie du for intérieur.

Que décident alors « les stratèges de La Rochelle » ?

Notre décision, elle, est vite prise. Il s'agit de répartir les excédents en trois parts, chacune destinée à servir un but bien précis. C'est ce que l'on pourrait appeler le « pacte de La Rochelle ».

Il y a d'abord la part des investissements. Il s'agit de se doter des moyens les plus performants pour permettre au spectacle d'être à la pointe.

Cette première part est aussi celle des subventions. Pas celles qui sont reçues, mais celles qui sont versées par nous. Les seules subventions que nous ayons jamais reçues en vingt ans sont les 60 000 francs — sur un budget de l'ordre de 4 millions — que nous versèrent conjointement le Comité du tourisme et le Comité des affaires culturelles, lors du lancement du projet.

Le Puy du Fou constitue l'exemple unique en France d'une association culturelle qui subventionne les pouvoirs publics alors que le contraire est la règle. Chaque année, un chèque de 200 000 francs sera remis au Conseil général pour la création d'un écomusée de la Vendée, installé dans l'aile nord du château. Plusieurs années de suite, le président de l'Association du Puy du Fou remettra à cet effet un chèque au président du Conseil général, mon prédécesseur. Aujourd'hui, cet écomusée a rejoint l'Historial des Lucs.

C'est l'occasion pour la presse locale de souligner le sens de la gratuité et le goût de l'initiative, de la responsabilité et de l'indépendance que manifestent ainsi les Puyfolais. Le Puy du Fou ne dépend d'aucune collectivité publique et entend conduire son destin tout seul, grandir tout seul, créer tout seul. Personne, ni l'État ni les collectivités territoriales, n'a de prise sur lui.

Même depuis que vous dirigez le Conseil général de la Vendée ?

Plus que jamais. Précisément quand je deviens président de l'assemblée départementale, en septembre 1988, je considère que le Puy du Fou doit rester autonome et qu'il serait dangereux pour l'aventure puyfolaise de céder à la facilité de la subventionnite aiguë qui sévit partout.

Le Puy du Fou a un modèle de développement qui lui est propre, sans aucun concours d'argent public. C'est sa chance et sa force.

Il ne s'agit pas de critiquer les grandes entreprises culturelles et touristiques qui s'appuient sur les subventions publiques. Comme Vulcania en Auvergne, le Futuroscope voisin a beaucoup contribué au développement du département de la Vienne, grâce au talent visionnaire de son concepteur, René Monory. L'ancien président du Conseil général a obtenu que l'assemblée départementale vote chaque année une aide de plusieurs millions d'euros pour les innovations du parc de loisirs. C'est autre chose : la réussite est incontestable, mais c'est un modèle d'économie semi-publique.

Quelle est la seconde part ?

Celle de la générosité. C'est l'idée de Renée Bossard, notre secrétaire générale : consacrer une soirée par an à une œuvre généreuse.

Renée est préparée à cela. Un an avant le lancement du Puy du Fou, elle a affronté la plus grande épreuve que l'on puisse connaître : la mort de sa fille unique, atteinte d'une leucémie foudroyante en pleine adolescence. Quand j'ai rencontré Renée pour la première fois, avec Jojo, son mari, il y avait partout chez elle des souvenirs de cette jeune fille partie si tôt.

J'étais touché par ce couple désemparé qui n'en finissait pas d'évoquer la maladie, la mort, et cette cicatrice ouverte à jamais. Plus tard, quand il me faudra revenir à l'improviste de Vendôme pour un problème de réglage lumineux ou de nouvelle programmation sonore, je serai hébergé chez Renée et Jojo avec ce mot d'accueil, en ouvrant la chambre : « Tu auras la chambre de notre fille. » Ils me considéraient un peu comme leur fils adoptif, et le Puy du Fou est devenu un peu leur œuvre.

Pour Renée, le Puy du Fou fut une sublimation, un dépassement du mystère de la souffrance. Elle donne à l'Association tout l'amour, tout le temps, tout le dévouement donné à sa fille, imprimant ainsi sa marque à l'œuvre entreprise : générosité et sensibilité à la souffrance des autres.

Chaque année, depuis 1978, de soirée humanitaire en journée de l'espérance, le Puy du Fou remet des chèques d'un montant important à des œuvres caritatives dans le monde entier. Partout sur la planète, on retrouve l'empreinte des Puyfolais : dispensaire en Argentine — avec Médecins du monde, sous l'égide de Bernard Kouchner, qui est venu au Puy du Fou avec Christine Ockrent, Yves Montand, André Glucksmann, et reparti avec un chèque de 450 000 francs —, dispensaire au Viêt-nam, maison de l'enfance au Liban, village à Madagascar, scanner à l'hôpital de La Roche-sur-Yon…

Au Puy du Fou, on se donne et on donne. Dès la première année, le filigrane est inscrit dans les cœurs.

Jeter un regard d'amitié sur ceux qui gisent au bord de la route, tendre la main aux plus démunis va de soi. La meilleure illustration en est la réflexion de Paul Gaborit, des Épesses, lorsque nous faisons part de notre idée de soirée humanitaire :

— Sortir un billet de sa poche, tout le monde n'a pas forcément les moyens de le faire, dit-il en exhibant son vieux porte-monnaie, comme pour souligner son propos. Moi, je ne suis pas sûr de pouvoir. Mais donner cinq heures de mon temps, ça je sais que je peux.

Et la troisième ?

La part du rêve. Chaque année, nous aidons à la création d'une activité artistique ou culturelle permettant de prolonger le spectacle au-delà des quelques soirées d'été. D'où la noria d'initiatives rayonnant autour du Puy du Fou, comme autant de satellites culturels se détachant du noyau initial.

Dès 1978, nous créons le Fonds local d'animation culturelle, qui vise à apporter un crédit de l'ordre de 30 000 euros par an répartis entre les communes représentées au Puy du Fou, sur la base d'un projet conçu d'un commun accord entre la municipalité et les Puyfolais de l'endroit. C'est ainsi que des initiatives multiples ont pu voir le jour : mise en place d'écoles de musique, de chorales, de fanfares, aide à des érudits locaux pour publier un ouvrage sur l'histoire de leur commune (Chambretaud, Saint-Mars-la-Réorthe, Les Herbiers), restauration à Treize-Vents d'un lavoir, ou d'un calvaire ancien à La Verrie... Aujourd'hui, ce Fonds rend service à une cinquantaine de communes.

Dans le même esprit sont nés le Fonds local d'animation musicale, destiné à aider les écoles de musique des quinze communes associées, le quadrimestriel *Le Puyfolais* de notre cher et regretté René Guicheteau (que vous animez aujourd'hui, mon cher Michel), qui est le bulletin de liaison entre les membres de l'association, entre les différents « villages » du spectacle, les différents services, les vingt-cinq écoles de l'Académie Junior, la section culturelle...

En 1981, nous contribuons au lancement d'Alouette, radio qui porte symboliquement le nom de la colline où tournaient les moulins qui furent jadis les premiers télégraphes de la Vendée, qui est aujourd'hui l'une des seules radios régionales indépendantes et qui couvre plusieurs départements de l'Ouest.

Cette floraison d'initiatives et d'activités de toutes sortes serait trop longue à énumérer. Toutes marquent bien l'esprit de la saga puyfolaise, tournée vers l'imagination et l'action, étroitement imbriquées.

Le succès assuré, le Puy du Fou voit sa notoriété grandir très vite. Celle-ci a-t-elle été accompagnée d'une reconnaissance officielle ?

Dès la deuxième saison, le succès du Puy du Fou est attesté par la venue de Jean-Philippe Lecat, le ministre de la Culture, qui ouvre la voie à tout un défilé de personnalités françaises et étrangères.

Dès 1980, nous accueillons le président de la République de l'époque. Plus tard, en 1987, c'est Jacques Chirac qui vient avec ses ministres, puis le primat de Pologne, le président lituanien.

Et c'est l'apothéose de 1993, lorsque les Puyfolais organisent une représentation spéciale — alors que la saison est terminée depuis près d'un mois — pour Alexandre Soljenitsyne, venu saluer l'âme de la Vendée sur le chemin qui le ramène en Russie, après vingt ans d'exil.

Curieusement, les milieux culturels restent à l'écart de ce phénomène populaire. Peu d'artistes, de gens du spectacle, à part Alain Delon, Yves Duteil ou Didier Barbelivien, ont curiosité, en vingt ans, de découvrir le Puy du Fou, enfermés qu'ils sont entre les murs épais et conformistes du « quadrilatère de l'intelligentsia française », à l'intérieur du boulevard périphérique parisien.

La reconnaissance médiatique vient en 1984, à l'occasion d'une émission de télévision, intitulée « Vive la crise », qui voit dans l'expérience puyfolaise l'un des symboles de la résistance à la résignation et à la fatalité. Animée par Yves Montand, cette émission est un véritable événement, qui fait la une de toute la presse, du *Figaro* au *Nouvel Observateur*, dont le directeur de la rédaction, Franz-Olivier Giesbert, est enthousiasmé par la découverte du spectacle.

Concepteur de l'émission avec l'économiste Michel Albert, un Vendéen, le journaliste Jean-Claude Guillebaud analyse à travers le Puy du Fou les signes avant-coureurs d'une nouvelle économie enfin tournée vers les valeurs de liberté.

Il n'est pas jusqu'à *Libération* pour voir dans le Puy du Fou et son créateur l'emblème d'une culture autogestionnaire, au cœur de ce que les beaux esprits appellent alors la « nouvelle économie sociale ». Le quotidien n'hésite pas à saluer l'événement d'un numéro spécial dont la une proclame : « La bonne nouvelle après la crise : le Puy du Fou. »

Il est vrai qu'un coup de tonnerre vient immédiatement dissiper l'euphorie à *Libération*. Le correspondant nantais du journal avise Serge July que sa rédaction vient de faire l'apologie de ce qu'il appelle une culture « réactionnaire » mise au service d'une cause hautement suspecte : la Vendée. Il n'y a donc pas de « bonne nouvelle ». Que faire de cette mauvaise nouvelle ? July, accablé, s'emploie à réparer cette faute impardonnable en chargeant un jeune enquêteur, Laurent Joffrin, d'une « contre-expertise ».

Celui-ci reste près d'une semaine en Vendée, multiplie les contacts, recoupe les informations les plus diverses, s'interroge sur la grave question pour la réponse de laquelle il a été mandaté par sa rédaction : le Puy du Fou est-il réactionnaire ou progressiste ?

Quel a été son diagnostic ?

Je n'en saurai jamais rien. Rien ne sera publié. Aucun démenti du premier article.

Pourquoi donc ?

Joffrin me soumet à un interrogatoire en règle. Je suis bombardé de questions : est-il exact que j'aime Soljenitsyne ? Et Bernanos ? Péguy ?

— D'où vient votre famille ? Que faisait-elle pendant la guerre ?

— Mon père était officier avec de Lattre. Prisonnier, il s'est évadé cinq fois, a été repris cinq fois. Il a terminé la guerre dans un camp de représailles près de Lübeck. Il a reçu la croix de Combattant volontaire de la Résistance.

— Votre spectacle, c'est de la chouannerie ?

Je commence par lui expliquer que les chouans, qui opéraient au nord de la Loire, sont bien distincts du mouvement vendéen, très spécifique. Il paraît éberlué lorsque je lui explique que les soldats en sabots qui se sont levés pour défendre la liberté de conscience — inscrite dans la Déclaration des droits de l'homme en 1789 — sont les ancêtres directs des conscrits de 1914, qui inscrivent sur le drapeau de Chambretaud « Quand la France voudra ». La Vendée sera de tous les combats derrière le drapeau tricolore lors de la Première Guerre mondiale, avec Georges Clemenceau, l'un de ses enfants, né à Mouilleron-en-Pareds, artisan de l'Union sacrée, et lors de la Seconde, avec de Lattre, qui recevra au nom de la France la capitulation allemande de 1945, Vendéen lui aussi, que la coïncidence et le mystère de l'Histoire ont fait naître également à Mouilleron, à quelques rues de la maison de Clemenceau.

Je lui rapporte le commentaire d'une personnalité invitée au Puy du Fou — est-ce Yves Montand, ou Bernard Kouchner, je ne sais plus — qui a noté sur le livre d'or : « Ce spectacle est un hymne à l'unité française. » Comment pourrait-il en être autrement de la part du créateur de ce spectacle, dont les deux grands-pères sont morts enveloppés dans le drapeau tricolore ? Si j'avais développé une vision partiale de l'Histoire, le Puy du Fou serait mort depuis longtemps : c'est un spectacle vendéen, donc français, profondément français.

Joffrin rapporte sa moisson à Paris, où il confie, mi-figue mi-raisin, à Thierry Wolton :

— On ne peut pas dire que le Puy du Fou soit une expression progressiste. Mais on ne peut pas dire non plus qu'elle soit réactionnaire. Quant à Philippe de Villiers, il a quand même cinq enfants : tu vois à peu près de quelle France il s'agit. Et en plus il a un frère militaire et il aime Soljenitsyne, tu vois le genre !

Finalement, cette contre-enquête ne sera jamais publiée.

Entre le Puy du Fou autogestionnaire qu'avait cru déceler Libération *et le « conservateur pas comme les autres » évoqué par* Le Figaro Magazine *à la même époque en parlant de vous, quelle est votre définition ?*

Un peu les deux. Le Puy du Fou échappe à toute catégorie idéologique. On peut le définir comme un kaléidoscope de valeurs contradictoires, dont l'imbrication favorise l'harmonie.

Le côté autogestionnaire est là, incontestablement : autogestion, autodiscipline, autocontrôle, autofinancement, avec le désordre qu'entraînent la création, le côté rebelle, réfractaire. Le Puy du Fou s'est fait à l'écart des institutions, comme une génération spontanée. Il y a en lui un côté aventureux, un côté anti-installé et naturellement un côté populaire : il n'y a pas de culture puyfolaise en dehors du peuple.

Sur l'autre versant, on trouve des valeurs d'ordre, d'exigence, de rigueur spirituelle, d'esthétique, des valeurs élitaires, et par-dessus tout cette certitude qu'une famille divisée contre elle-même périt. Il n'y a pas de césure dans l'Histoire : puiser aux sources du haut Moyen Âge, c'est puiser aux sources d'une certaine modernité.

En 1977, j'avais défini ce que serait le Puy du Fou en m'amusant à paraphraser Lénine : « Ce sera la tradition plus l'ordinateur. » C'est bien cela, le Puy du Fou : la tradition mêlée à la modernité.

Le Puy du Fou est un acte d'amour. Le fond de la démarche puyfolaise est la générosité. Toute la forme de cette démarche, c'est l'esthétique, l'idée que le Bien livré à lui-même peut conduire au fléau du Bien s'il n'y a pas le Beau. L'idée que le Beau conduit au Bien et au Vrai, à la vérité des cœurs et des esprits.

Le Puy du Fou est pleinement de son temps, avec l'utilisation des techniques les plus perfectionnées. Mais il n'est pas que cela : dans une société qui se plie aux injonctions de la mondialisation, il apparaît comme une butte témoin, comme porteur de valeurs beaucoup plus modernes que celles du matérialisme contemporain.

Le Puy du Fou, c'est une sorte de chevalerie moderne, où les valeurs d'humilité et de gratuité s'habillent de panache et de grands desseins.

J'ai toujours été fasciné par le dialogue entre le Maître de Santiago et ses chevaliers qui le supplient de les accompagner à la conquête de l'or du Nouveau Monde. Il leur rappelle, avec sa force d'âme, quelle est leur vraie mission dans la grande pauvreté de l'Ordre : « Oui, les valeurs nobles, à la fin, sont toujours vaincues ; l'histoire est le récit de leurs défaites renouvelées. Seulement, il ne faut pas que ce soit ceux mêmes qui ont pour mission de les défendre qui les minent. Quel que déchu qu'il soit, l'Ordre demeure le reliquaire de tout ce qui reste aujourd'hui de magnanimité et d'honnêteté en Espagne.

« Nous, notre vocation, c'est d'être les meilleurs. Si vous ne croyez pas cela, démettez-vous-en. Dieu m'a donné à profusion la vertu d'indignation. Mais vous, que faites-vous ? Pleins d'indifférence ou d'indulgence pour l'ignoble, vous pactisez avec lui, vous vous faites ses complices. Hommes de terre, chevaliers de terre ! » C'est du Montherlant.

Ainsi doit se poursuivre la grande chevauchée des âmes, pour attirer, fixer les regards des plus jeunes à la bonne altitude, celle de l'histoire des plus humbles et des plus grands destins. Le Puy du Fou est, dans ce sens, un conservatoire de la civilisation française et européenne, établi sur cent cinquante hectares de scène et de deux mille ans d'histoire.

La cinéscénie une fois bien « calée », vous passez à l'étape suivante : le parc de jour vient compléter le spectacle de nuit.

Le Grand Parc naît en 1988, dix ans après la première représentation du spectacle. C'est un parc à spectacles, sur une superficie de trente hectares. Les visiteurs peuvent y passer d'un site à l'autre, à la rencontre, selon leur fantaisie et leur goût, de la nature, de la faune, de la flore, ou à travers l'histoire de France.

Ils flânent d'époque en époque, remontent le temps grâce à tous les spectacles, du « stadium gallo-romain » à la Mousquetaire de Richelieu, du village du XVIIIe siècle à la cité médiévale, du Bal des oiseaux fantômes aux Vikings, s'attardent dans le Chemin de la Mémoire qui raconte les guerres de Vendée, découvrent L'Odyssée du Puy du Fou — qui rappelle les différents épisodes de l'aventure puyfolaise — puis Les brandes Eaux, l'Arboretum, l'Animalerie, la Roseraie Renaissance, se restaurant dans des auberges où l'on peut déjeuner selon l'époque choisie... Chacun compose son propre programme à sa guise.

Comment l'idée vous en est-elle venue ?

Elle est née progressivement, d'une constatation liée au succès du spectacle nocturne. À partir de 1982, les gens qui assistent à la cinéscénie viennent de régions éloignées, voire de l'étranger : c'est à cette époque que sont installés les premiers casques de traduction. Il apparaît dès lors urgent de prévoir un accueil de jour pour les spectateurs arrivant de Nice, de Strasbourg, de Liège, de Florence, bientôt même de Tokyo ou de Miami, qui restent dormir sur place et sont désireux de se voir proposer quelque chose avant le spectacle, ou le lendemain.

Le déclic survient en janvier 1987, à l'occasion d'un conseil interministériel à l'hôtel Matignon, auquel je participe en tant que secrétaire d'État à la Culture, en lieu et place du ministre, François Léotard, parti courir le marathon de New York. Autour du Premier ministre, Jacques Chirac, il y a notamment Edouard Balladur, ministre d'État, et Jean-Jacques Descamps, secrétaire d'État au Tourisme.

À l'ordre du jour, la réponse définitive à donner à Michael Eisner pour l'implantation d'Euro-Disney en Ile-de-France. Il y a treize mille emplois à la clé, ce n'est pas négligeable. Balladur est impénétrable, Chirac enthousiaste, prêt à se faire photographier en compagnie d'un Mickey grandeur nature. J'entends encore l'objurgation souriante du ministre d'État : « Oh, Jacques, vous ne pouvez faire ça ! »

Je me lance dans le débat :

— Il faudrait au moins exiger que les noms de rues soient en français, ou même portent des noms français : rue d'Arras au lieu d'Arkansas street.

Pressé, attentif, le Premier ministre écoute. Je poursuis sur ma lancée :

— Parallèlement à l'implantation de Disney chez nous, il faudrait susciter en France des initiatives privées ou semi-publiques, pour des parcs thématiques à la française, avec nos symboles, notre histoire, nos auteurs.

Jacques Chirac me regarde et répond, fataliste :

— Vous avez raison. Mais nous sommes malheureusement incapables de rivaliser avec les Américains dans le domaine des parcs de loisirs : les Français n'ont pas leurs technologies.

La discussion est close. Je quitte Matignon, après avoir invité le chef du gouvernement au spectacle, l'été suivant. Je sais en rentrant rue de Valois que cette réunion a été décisive… pour le Puy du Fou : ma décision est prise d'y créer un parc à thème, et de m'attacher à effacer la chiquenaude psychologique que m'a portée Jacques Chirac en déplorant le manque de savoir-faire de nos compatriotes.

De mon bureau, au ministère, j'appelle Jean-Marie Delahaye et Bruno Retailleau, qui prend ma relève au Puy du Fou pour la mise en scène du spectacle :

— Les gars, on va créer un parc à la française ! Ce sera le Parc de l'Histoire de France.

Contrairement au spectacle, né d'un trait de plume, le Grand Parc grandit par petites touches, par des additions d'attractions nouvelles conçues par les uns et les autres d'année en année. Il faut faire autre chose que les Américains, ne pas les imiter. Il faut faire ce qu'ils feraient s'ils avaient nos goûts et notre culture, s'ils avaient le Puy du Fou et ses ruines au lieu d'un château de la Belle au bois dormant en carton-pâte : chez nous, tout doit être construit en dur, dans une perspective historique.

Pourquoi « Grand Parcours » puis « Grand Parc » ?

Parce que nous voulions établir un itinéraire entre nature et Histoire, un voyage personnel ou familial entre espace et temps. Puis nous nous sommes aperçus que les gens confondaient

« grand parcours » avec parcours de santé ! Nous avons donc décidé de l'appeler « Grand Parc ».

Le succès est-il tout de suite au rendez-vous ?

Il y a, dès la première année, cent mille visiteurs, puis trois cent mille, près d'un million, vingt ans après l'ouverture... Quant à la danse des faucons, l'immersion du drakkar, les cascades de chevalerie, le donjon qui avance, la scène des lions, ce sont sans doute aujourd'hui des curiosités mondiales.

Le Grand Parc fonctionne avec des saisonniers salariés. Comment cela s'articule-t-il avec le bénévolat puyfolais ?

La naissance du Grand Parc donne lieu à une architecture juridique originale dont se dote l'Association du Puy du Fou, qui fonctionne, lors de sa constitution, en novembre 1977, d'après les règles fixées par la loi de 1901. C'est le cadre qui convient pour les bénévoles, ceux du spectacle et ceux des services, qui concourent bénévolement à l'organisation du spectacle.

En 1988, nos conseillers financiers nous

expliquent que le Grand Parc ne peut être créé que sous la forme d'une société commerciale. La séparation des activités nous amène donc à créer la Société anonyme du Grand Parc à côté de l'Association qui gère le spectacle. Les deux branches du Puy du Fou sont ensuite reliées par un Groupement d'intérêt économique.

Nous avons donc l'exemple unique d'une société anonyme créée et détenue par les membres d'une association, agissant collectivement. Les anonymes de l'Association ont créé la société anonyme du Puy du Fou. Le Grand Parc n'a fait appel qu'à l'Association pour son capital : il ne s'agit en aucune façon d'une entreprise capitaliste, ce sont les excédents d'un spectacle de bénévoles qui ont permis la création d'une entreprise elle-même bénéficiaire dès sa dixième année, avec un chiffre d'affaires de 120 millions de francs à l'époque.

Les principes qui régissent le Grand Parc procèdent de ceux qui animent le spectacle : contact avec la vie, âme d'une époque, sens d'une architecture, langage des animaux… Les artisans qui peuplent les différentes époques du Grand Parc ont tout de suite aimé retrouver les gestes de leurs prédécesseurs — potier, faïencière, enlumineuse, boulanger, tresseuse de blé, sculpteur sur bois ou sur pierre, forgeron — et prennent plaisir à expliquer le sens de ces métiers à la jonction de l'art et de l'utile. Le Puy du Fou a ainsi contribué à retrouver et à montrer de nombreuses facettes de l'artisanat d'art, en voie de disparition dans notre France aseptisée des produits sous vide et des magasins d'usines.

Vos nouvelles réalisations, vos divers projets s'inscrivent-ils délibérément dans cette ligne de conduite ?

Aucun Puyfolais n'a jamais envisagé, fût-ce un seul instant, de s'écarter de ce qui constitue en quelque sorte notre charte fondatrice. L'aventure du Puy du Fou repose sur des principes très simples : bénévolat, respect des racines qui nous rattachent à un très long et très riche passé collectif, ouverture d'esprit pour préparer l'avenir avec confiance et enthousiasme. Cela tient en deux mots : fidélité et optimisme.

À l'issue de la dernière représentation de la vingtième saison, les Puyfolais m'avaient réservé une surprise : je n'oublierai jamais ma remontée de la cour du château, illuminée de torches, au milieu de tous les Puyfolais, mais juste entre nous cette fois, je n'oublierai jamais les visages graves des anciens, mes premiers compagnons, ou rieurs des plus jeunes, pour cette grande fête de l'amitié.

Lors de la soirée du 30e anniversaire, à l'été 2008, célébrée avec notamment une formidable démonstration de la Patrouille de France et un concert en plein air de l'orchestre philharmonique de Prague, un moment d'intense émotion a serré la gorge des participants et des spectateurs : la lente montée sur l'aire scénique de tous les Puyfolais, toutes générations confondues, acteurs ou membres des services, pionniers de cette grande aventure ou nouveaux venus dans la famille puyfolaise. À ce moment-là, bien peu d'entre nous ont pu retenir leurs larmes : larmes de joie de se retrouver tous ensemble, larmes de fierté à l'idée de tout ce que nous avons réalisé en commun et de ce que nous pensons pouvoir encore accomplir. Et, dans les tribunes, les personnalités invitées pour la circonstance ont senti qu'elles vivaient un moment exceptionnel.

Alors, pour répondre plus complètement à votre question, oui, nos objectifs restent de faire partager à un public de plus en plus large l'amour de l'histoire de France. D'où notre souci de perfection, d'imagination et d'animation.

Cette recherche de qualité, assortie d'un sens de l'accueil jamais en défaut, est désormais reconnue. Ce n'est pas un hasard si les organisateurs du Tour de France cycliste, si pointilleux en la matière, ont souhaité que la « Grande Boucle » parte à nouveau du Puy du Fou, en 1999, six ans après une première expérience concluante, confirmée en 1997 par une arrivée d'étape. Ce n'est pas un hasard si nombre d'organismes culturels ou touristiques décernent régulièrement des trophées ou des citations élogieuses à la Cinéscénie ou au Grand Parc. Ce n'est pas un hasard si les plus hauts responsables français ou américains de parcs à thème viennent nous rendre visite de plus en plus nombreux, parce qu'ils considèrent que nous figurons désormais parmi les plus performants dans ce domaine.

Pour les trente ans du Puy du Fou, les spectateurs de la Cinéscénie ont découvert un nouveau final grandiose, les visiteurs du Grand Parc une nouvelle animation, l'Odyssée du Puy du Fou.

Le Grand Parc, qui fête quant à lui ses vingt ans en 2009, a notamment développé l'un des premiers centres de reproduction d'espèces rares en Europe. Depuis dix ans, l'Académie de fauconnerie a en effet donné naissance à des centaines d'oiseaux dont certains ont été réintroduits dans le milieu naturel, dans les Alpes et en Israël.

Parmi les grands spectacles, le stadium est une exclusivité mondiale.

C'est la première fois, dans le monde, que l'on fait sortir de terre, et avec un tel respect des proportions authentiques, une arène de cette importance : en vingt mois de chantier, vingt-huit mille mètres cubes de terre, six mille six cents mètres carrés construits, trois kilomètres cinq cents de gradins.

Par-delà les chiffres, le vrai pari de cette réalisation est de concevoir, avec la technologie moderne et les matériaux d'aujourd'hui, une arène débordante de vérité, où les bétons projetés donnent l'illusion de la pierre et où les matériaux de synthèse donnent l'impression d'avoir deux mille ans.

Il s'agit d'installer sept mille spectateurs dans une véritable arène qui est la réplique du Colisée de Rome.

Par ailleurs, la voie romaine d'accueil est bordée de plantes romaines, notamment d'oliviers de trois cents ans d'âge.

La reconstitution, en temps réel, de la course des chars de *Ben Hur* est elle-même un événement unique. Si vous avez aimé *Ben Hur*, vous aimerez le Puy du Fou. Avec quatre quadriges, l'Académie équestre du Puy du Fou présente dans le cadre du scénario la fameuse course de chars de *Ben Hur* :

— même distribution des quadriges : seize chevaux de couleur bai, noir, isabelle, gris ou crémélo, homogènes par la taille (un mètre soixante) et par le harnais de cuir ;

— mêmes incidents de course, ce qui veut dire même disposition des chars : perte d'une roue, détachement d'un timon, et surtout saut d'un tremplin avec décollage du char.

Les futurs « auriges » travaillent chaque jour à l'entraînement de leurs quatre chevaux : une heure de travail attelé et dix kilomètres par jour, formation à la palette.

Une exclusivité mondiale encore : le corps-à-corps avec les lions. L'image du face-à-face de Blandine avec les lions figure dans tous les livres d'histoire. Il est même arrivé que la scène des

« chrétiens livrés aux lions » soit montée au cinéma. On se souvient notamment du péplum *Quo Vadis*.

Là, dans le stadium du Puy du Fou, pour la première fois au monde, la scène des lions a lieu en direct, en temps réel, avec, à chaque spectacle, une dizaine de félins. Ce « ballet des fauves » a été réglé par Thierry Leportier, numéro un mondial du dressage, qui a notamment tourné avec Ridley Scott la scène des tigres dans *Gladiator*, et surtout sans qui Jean-Jacques Annaud n'aurait sans doute pas pu faire son magnifique film *Deux frères*, puisque c'est Thierry qui en a réglé tous les effets avec ses propres fauves.

C'est là une grande première mondiale : l'affrontement des acteurs et des fauves, deux fois par jour, dans une arène géante et devant un public qui voit bien qu'il n'y a pas de trucage, ni lion virtuel ni tigre électronique.

Le spectacle gallo-romain est une grande « fresque humaine », grandeur nature, et sans trucage puisque les lions, la course de chars, les gladiateurs sont vrais.

Toujours cette « patte » puyfolaise, associant étroitement techniques de pointe et facteurs humains.

Exactement. Bien sûr, il y a quelques effets spéciaux, mais, en règle générale, l'émotion ressentie par le spectateur est proche de l'antique réalité.

Pour obtenir ce climat de foule, cette atmosphère de jeux, vingt-quatre enceintes placées derrière le public et intégrées dans les colonnes autour du stadium, sont chargées de diffuser les ambiances sonores : clameurs, hourras, cris, applaudissements, etc. Le spectateur est au cœur de l'action, entraîné à réagir dans cette immensité sonore virtuelle.

Au centre du stadium, disposés aux extrémités de la spina et intégrés dans le décor, se trouvent deux systèmes de sonorisation de forte puissance chargés de diffuser principalement la musique et les textes.

Un dernier point de sonorisation se trouve au-dessus de la tribune du gouverneur pour les différentes allocutions de celui-ci.

Au final, le stadium est découpé en sept zones sonores, permettant de suivre, selon le scénario, les différentes actions du spectacle. Le mixage réalisé au studio du Puy du Fou sur système Sonic-Solution, est diffusé en vingt-quatre pistes.

Nous sommes là à la pointe d'une technologie sonore d'avant-garde.

Aujourd'hui, les réalisations foisonnent ?

Elles se multiplient, avec notamment le Bourg 1900, le Grand Carrousel et ses trois mille places assises faisant face à une scène de soixante-dix mètres d'ouverture, dont la superficie représente six fois l'espace scénique du Palais des Sports de Paris, et tous les projets qui sont actuellement en développement dans les bureaux d'études du Puy du Fou…

Et puis, il y a maintenant les Nocturnes du Grand Parc avec ses Orgues de Feu, le spectacle Le Mystère de Noël en décembre…

TROISIÈME PARTIE

Les « pros du bénévolat »

Peut-on définir le Puy du Fou comme un modèle de micro-société ?

Avec la constellation de ses activités, le Puy du Fou apparaît aujourd'hui comme la démonstration réussie d'une culture populaire vécue au quotidien, sans être nourrie aux amphétamines étatiques, une culture épanouie à partir des notions de responsabilité, d'initiative et de création.

Quand j'entends les mots « créativité » ou « convivialité », je ne peux m'empêcher de penser que la créativité, c'est quand il n'y a plus de création et la convivialité quand il n'y a plus de repas. Il ne sert à rien de gloser à l'infini sur ce qu'est la culture populaire, il faut lui permettre de vivre.

Toute création vient au fil du temps, des rencontres et de l'échange des idées.

Le Puy du Fou est aux antipodes d'une société d'assistance, au sein de laquelle on attend tout d'en haut ou de l'extérieur, où il est inconcevable de développer l'idée de culture gratuite et, *a fortiori*, de culture rentable, c'est-à-dire de culture indépendante.

En France, tout le secteur culturel est de près ou de loin sous la coupe de l'État. Les animateurs ne peuvent échapper à l'agrément financier des ministères de tutelle et au contrôle idéologique des groupes de pression qui cogèrent ceux-ci. L'audace du Puy du Fou aura été de se développer loin de ces chapes tutélaires stériles, voire régressives, loin de tout picotin et de toute becquée, de tout clientélisme idéologique.

Loin de moi l'idée de considérer toute activité culturelle à l'aune de la rentabilité : un conservatoire de musique ne peut être rentable, l'éducation artistique non plus... Mais, en France, on a raté le coche en n'osant pas faire confiance aux associations, en ne leur donnant pas la possibilité de faire de chaque Français un mécène authentique. La culture a davantage besoin de liberté que de subventions.

Les Puyfolais, qui contribuent bénévolement à l'essor du Puy du Fou, sont-ils de tels mécènes ?

Ils pratiquent le mécénat personnel. Quand on prononce le mot de « mécène », on pense tout de suite, et à tort, aux grandes familles florentines qui protégeaient les artistes de la Renaissance ou à de riches hommes d'affaires américains dépensant des fortunes en achat d'œuvres d'art.

Moi, ce n'est pas cet aspect qui m'intéresse. Je pense plutôt à l'acte personnel de celui qui offre son temps, son cœur, ses idées, ou tout simplement sa bonne volonté, à une œuvre collective, pour le plaisir.

Au milieu de mille bonnes volontés se trouve toujours un éclair de génie. Ce n'est pas forcément dans les plus grands pays que l'on dépose le plus grand nombre de brevets. Le Puy du Fou vit intensément la nouvelle combinaison, à la japonaise ou à la manière des « quatre dragons » d'Extrême-Orient, de l'infiniment petit et de l'infiniment puissant.

Ce que les ingénieurs de chez Disney mettent des années à inventer (nouveau procédé de tête parlante, machinerie hydraulique...), les gars du

Puy du Fou l'inventent avec plus de souplesse et souvent par le plus grand des hasards. Je vous ai déjà raconté comment ont été trouvés la grille sous-marine, l'écran d'eau. Je pourrais évoquer la découverte de Daniel Gilbert : en parlant à des œufs d'oie, trois fois par jour, à heures régulières, on peut former facilement pour le spectacle les volatiles dont l'évolution sur l'aire scénique fait l'étonnement et la joie du public. C'est là l'effet du hasard, me direz-vous. Peut-être ! Mais il faut beaucoup d'intuition, de passion et de patience pour parler pendant des jours à des œufs muets qui deviendront les fameuses oies danseuses du Puy du Fou.

Les exemples de telles découvertes sont nombreux, ces savoir-faire originaux nous mettent en pointe dans de nombreux domaines et nous permettent de préparer des conventions d'échanges avec les plus grands dans le monde entier. Il n'est pas de domaine qui n'ait été apprivoisé par des Puyfolais, de curiosité où le Puy du Fou n'ait tenté une percée. Il n'y a pas chez nous de recherche fondamentale : chaque jour qui se lève procure une occasion de courage et d'imagination.

Vous n'êtes quand même pas en mesure de rivaliser avec les « grands » dont vous parlez.

Évidemment, le Puy du Fou n'aura jamais les moyens de Disney ou du Futuroscope. Une attraction nouvelle coûte en moyenne 400 millions d'euros chez Disney, et 50 millions au Futuroscope. Au Grand Parc du Puy du Fou, c'est 15 millions au maximum. Vous mesurez l'échelle des moyens engagés.

Lorsque Philippe Bourguignon, alors patron d'EuroDisney, est venu au Puy du Fou, il nous a dit avec beaucoup d'admiration que nous étions sur la bonne voie parce que nous avions su garder la bonne loi de l'échelle entre nos moyens et nos investissements.

Le Puy du Fou reçoit à peu près 1,3 million de visiteurs, si l'on additionne les entrées au Grand Parc le jour et à la Cinéscénie la nuit. C'est la quatrième concentration de tourisme culturel en France, si l'on s'en tient aux parcs de loisirs créés au cours des années 80 et 90 : derrière Disney et Astérix, et juste derrière le Futuroscope, alors que nous sommes ouverts moins de six mois par an, à la différence des autres.

Quand vous allez aux États-Unis, à l'invitation des dirigeants de Disney, c'est pour aller chercher des idées ?

Je voulais simplement voir où ils en étaient et où nous en étions par rapport à eux. Lors d'un premier voyage de ce genre, en 1984, nous avions été littéralement estomaqués par leur puissance technologique, l'amalgame de leurs trouvailles, la perfection de leur organisation.

Douze ans plus tard, notre voyage ne nous a pas apporté beaucoup plus d'enseignements. Les spectacles de nuit n'ont pas évolué. En ce qui concerne les activités diurnes, nos équipes sont impressionnées par la différence de moyens financiers.

Là-bas, tout est parfait, c'est une évidence : les techniques s'additionnent. On est bluffé, mais pas touché. Au Puy du Fou, nous cherchons à atteindre l'âme des spectateurs : là où n'est pas la technique doit se trouver la vie.

Ce qui me frappe par exemple lors d'un grand spectacle à Bercy, c'est que personne ne songe à camoufler les projecteurs : on dirait même parfois qu'on exhibe volontairement la machinerie, comme pour démontrer le talent des éclairagistes. Au Puy du Fou, c'est le contraire : la technique ne doit pas être exhibée, on ne doit pas la deviner. Elle est au service de l'œuvre, elle ne doit pas s'imposer : elle est juste là pour mettre en valeur.

Chez nous, un projecteur mal dissimulé est une grosse faute : on ne doit pas voir la source de lumière, sinon la magie s'évanouit. On ne doit pas voir la source sonore, sinon la rêverie se dissipe. On ne doit jamais ressentir un effet technique, c'est une règle absolue.

Plotin disait : « L'architecture, c'est ce qui reste, une fois la pierre ôtée. » Les architectes d'aujourd'hui, au contraire, nous imposent souvent des « gestes dans l'espace » : lourds, coûteux et importuns. Les lignes sont trop soulignées, on ne voit plus l'architecture, on ne voit plus que la masse et la signature.

Les techniciens du Puy du Fou, eux, ont su garder la vertu de discrétion, telle qu'elle est exprimée dans les *Dialogues des carmélites* : « Ce n'est pas nous qui tenons la règle, c'est la règle qui nous tient. » L'œuvre tient la technique : c'est vrai de jour comme de nuit. Ce n'est pas la technique qui tient l'œuvre.

Le bénévolat, amateur par définition, est-il compatible avec les exigences d'un tel professionnalisme ?

Le premier miracle du Puy du Fou réside dans un bénévolat inscrit dans la durée et fêtant ses vingt-cinq ans en 2002 alors que les plus optimistes lui donnaient une espérance de vie n'excédant pas cinq ans. Il est plus que jamais rayonnant, conforté par la relève des générations montantes. Actifs et créatifs, les Puyfolais ont allié l'enthousiasme de l'amateur à l'exigence du professionnel. Ce fut d'ailleurs le titre évocateur d'une émission de François de Closets et Emmanuel de La Taille à la télévision : « Les pros du bénévolat. »

Le second miracle tient dans la parfaite coexistence entre bénévoles et permanents. Le GIE compte aujourd'hui cent permanents qui créent les spectacles et font tourner toute l'année les régies, les écuries, les écoles et le secrétariat. Au Grand Parc, on compte près de mille emplois saisonniers. Personne ne distingue les uns des autres : c'est la merveille de la fusion au sein d'une grande communauté, et il ne viendrait à l'idée de personne de se vanter de son bénévolat ou de compter ses heures.

Le succès ne vous fait-il pas craindre une dérive commerciale ?

Non, pas du tout. La seule chose qui pourrait perdre le Puy du Fou, c'est d'arrêter la caravane, c'est-à-dire d'arrêter la création. Le Puy du Fou a besoin de nouveautés, les Puyfolais ont besoin d'aller toujours plus loin, d'aller de défi en défi, d'étonner et de s'étonner mutuellement.

L'étonnant de notre aventure est justement que nous ne savons pas où elle nous conduit. D'extension en extension, nous en sommes à la troisième génération des activités puyfolaises. Il y a d'abord la cinéscénie, qui demeure le cœur battant du Puy du Fou, avec ses soixante hectares de scène et d'aires de service. Sur un lieu attenant, les cinquante hectares du Grand Parc, en plein essor.

La troisième phase consiste dans le développement donné à nos écoles de formation regroupées, sous la férule d'Elisabeth Bousseau, dans ce que nous avons appelé l'« Académie junior » du Puy du Fou. Nous sommes au début d'une nouvelle aventure, sans doute prometteuse, avec ces écoles de cavalerie, de haute école, de cascades, de fauconnerie, de dressage, de jonglage, de danses anciennes… Les projets se multiplient autour de ces écoles, qui ne dépendent que des Puyfolais et ne reçoivent aucune aide extérieure. Ils apportent une troisième dimension au Puy du Fou : une dimension pédagogique, après les dimensions créatrice et ludique. Il y a aujourd'hui vingt-cinq écoles, quatre cents élèves, tous jeunes puyfolais.

Êtes-vous resté le créateur de vos débuts, en dépit de la taille atteinte par l'entreprise que vous avez lancée et de vos diverses responsabilités ?

La plus grande partie de mes vacances d'été se passe à imaginer de nouvelles histoires, à écrire de nouveaux textes, le dernier en date étant pour l'instant celui des Orgues de Feu.

Mais cela n'a plus rien à voir avec les premières années, quand j'étais amené à trancher de tout. Aujourd'hui, je travaille en étroite relation avec nos équipes de spécialistes. Quand nous avons décidé de concevoir le fameux stadium, la nouvelle attraction de 2001, avec une capacité de sept mille places, il y a eu une succession de réunions de travail pendant quatre ans, où nous étions une quinzaine à nous triturer les méninges.

Imaginez, réunis autour de la même table, entre Nicolas, Laurent, Damien, les responsables, un spécialiste mondial du quadrige, un dresseur de fauves connu dans le monde entier, un fauconnier de très haut niveau, qui sait faire danser les oiseaux, une montreuse d'ours qui sait dresser des loups, un animalier qui dresse des cormorans, un ingénieur du son spécialisé, un régisseur technique spécialisé dans le son tournant, un pyrotechnicien spécialiste des flammes géantes, un machiniste expert dans l'émergence hydraulique d'objets de plusieurs tonnes, un as de la cascade équestre, un époustouflant prestidigitateur, un architecte des bâtiments de France, des historiens… Vous devinez sans peine ce que peuvent être le foisonnement des idées, le croisement des talents, et vous pouvez constater sur le site ce qu'est le fruit de telles rencontres.

Le Puy du Fou a-t-il fait école ?

Les Japonais sont venus voir le spectacle lorsqu'ils ont conçu un spectacle historique similaire chez eux, à Hakodate. Ils avaient entendu parler du Puy du Fou par un prêtre vendéen, missionnaire là-bas, le père Gouraud. Des Italiens sont venus aussi, en mission exploratoire. Nous voilà aujourd'hui à Sousse, en Tunisie et bientôt dans d'autres pays.

Pas de Français ? Pourquoi ?

Je ne sais pas. Par manque d'audace ? Je suis pourtant convaincu que le modèle puyfolais est reproductible dans toutes les régions qui ont conservé une mémoire collective, des traditions, un attachement affectif à leurs paysages et à leur histoire.

N'y a-t-il pas en plus, toutefois, une spécificité vendéenne sans laquelle le Puy du Fou n'aurait peut-être pas rencontré un tel essor ?

Sans nul doute. Le Puy du Fou est une sorte de décalque et d'emblème culturel du dynamisme vendéen. Nous n'avons pas attendu je ne sais quel supplément d'âme, je ne sais quel transfert de technologie venu de l'extérieur.

Le Puy du Fou est en quelque sorte à l'image de l'économie vendéenne. Celle-ci est *autogérée*, le nombre d'entreprises venues de l'extérieur est faible. Un dicton prétend que *chaque clocher a son usine*. L'Histoire explique en partie le « miracle vendéen » : les Vendéens ont longtemps été habitués à se passer d'apports extérieurs, notamment du pouvoir central, et à compter sur eux-mêmes. D'où les fortes solidarités familiales et la vivacité de l'esprit associatif, qui assurent une cohésion sociale exceptionnelle et qui ont assurément rendu possible le phénomène puyfolais.

L'aptitude à maîtriser les techniques les plus nouvelles, alliée à un sentiment collectif très fort, explique pourquoi on a pu qualifier les Vendéens de *Japonais de l'Ouest*, selon l'expression de l'économiste Michel Albert, un Vendéen, malgré les handicaps de départ comme l'enclavement et l'absence de traditions industrielles. La Vendée a aujourd'hui ses fers de lance (plaisance, agroalimentaire, plasturgie, technologie), avec de forts réseaux locaux de sous-traitance.

L'écrivain vendéen Michel Ragon constate : « Ce peuple a un dynamisme foncier. Il a une culture et une identité très fortes, qui ont donné un sursaut industriel et économique extraordinaire à cette région. »

Beaucoup d'entreprises qui ont aujourd'hui pignon sur rue à l'échelon national, européen ou mondial ont débuté avec quelques machines et quelques employés. Nombre d'industriels vendéens sont d'anciens artisans qui ont fait preuve d'esprit d'initiative et du sens des opportunités du marché. Et 95 % des entreprises industrielles sont encore des entreprises artisanales.

Ces chefs d'entreprise ont gardé de ces traditions artisanales et familiales de fortes attaches avec leur environnement. Ils ont développé un esprit d'entraide et de solidarité largement partagé par une main-d'œuvre d'origine paysanne, dotée d'une forte identité collective, attachée au travail bien fait, aspirant à travailler près de chez soi et ayant le sens du terroir et du cadre de vie : 72 % des Vendéens sont propriétaires de leur logement, le plus fort taux français.

C'est ce qui explique l'existence d'un syndicalisme intégré, rétif aux consignes extérieures. Ce qui explique aussi que la Vendée est le département, après Paris, qui compte le plus de sièges sociaux d'entreprises de plus de deux cents salariés.

Je crois que le Puy du Fou est profondément lié à l'âme de la Vendée, que la Vendée a porté le Puy du Fou comme une terre produit un fruit. Comme elle a aussi engendré des entreprises performantes, au niveau européen et souvent mondial, comme Bénéteau, Sodebo, Éram, Gautier, Fleury-Michon, Jeanneau, Ouvrard ou PRB... Avec ces entreprises, et le Vendée Globe, le Puy du Fou est devenu une vitrine de l'esprit vendéen.

Que doit le Puy du Fou à la Vendée, et que lui a-t-il apporté en échange ?

Le Puy du Fou a sorti la Vendée de ses complexes.

En lui rendant son histoire. Et en permettant aux historiens de redonner à la Vendée sa vraie place dans l'histoire de France.

La venue de Soljenitsyne a été, à cet égard, un symbole fort : le plus grand dissident du XXe siècle a tenu, avant de rentrer chez lui, en Russie, à faire le détour par la Vendée, par le Puy du Fou, pour saluer la première grande dissidence moderne, celle du populicide de 1794. Ainsi, en 1993, il préparait la reconnaissance du Génocide vendéen par les plus hautes autorités de notre pays. Cette reconnaissance eut lieu, sous la Coupole, le 30 novembre 2000 lorsque Marc Fumaroli, au nom de l'Académie française, s'adressa à l'historien Alain Gérard, auteur du fameux livre *Par principe d'humanité*, sur la Terreur en Vendée : « Nous venons ainsi de distinguer l'historien français qui a eu le courage de décrypter *le premier génocide moderne.* » En réalité, le message du Puy du Fou, je l'ai résumé dans mon adresse à Soljenitsyne, le 25 septembre 1993[1] :

« Cette colline de la souffrance fut un des points culminants de la destruction systématique de la population vendéenne. Et c'est ainsi qu'elle est devenue, au fil du temps, l'un des lieux emblématiques du combat des Vendéens.

« Avec leurs bâtons durcis au feu, avec leurs scapulaires sur le cœur, avec leurs ostensoirs en carton, ils se sont mis en marche.

« Ils se sont levés pour défendre, à haut prix et victorieusement, la liberté de conscience. Leur sursaut fut un sursaut de la foi.

« Dans l'histoire spirituelle de la France, la préservation de la liberté de croire doit beaucoup au refus vendéen de la confiscation des libertés.

---

1 Aux Lucs-sur-Boulogne.

« C'est le dialogue symbolique entre le général de Charette et le général Travot, deux hommes qui s'estimaient, deux soldats. L'un qui dit à l'autre : "Tant d'héroïsme perdu !" et l'autre qui répond : "Non, monsieur, rien ne se perd jamais !"

« Rien n'est jamais perdu. Et quand tout est perdu, il reste l'Espérance. Alors, notre devoir de mémoire porte avec lui le devoir de pardon.

« L'instinct moral des Vendéens, debout dans la fournaise et qui prient — *lama sabactani* — interdit, ici, pour toujours, le ressentiment.

« Le pardon jadis accordé, pour qu'il soit maintenu. Le pardon jusqu'ici non demandé, pour qu'il soit sollicité. Le pardon qui est le contraire de l'oubli. L'oubli est une impasse où vient se nourrir secrètement la rancœur.

« Le pardon est une alchimie du sentiment qui convertit le mal en nouvelle chance. Encore faut-il, pour qu'il y ait pardon, qu'il n'y ait pas oubli car le pardon prend appui sur la mémoire. C'est le pardon qui dénoue.

« La Vendée ne doit plus être le secret honteux de l'histoire de France. Et si on s'obstinait à ne pas reconnaître la réalité de la Terreur, on prendrait le risque pour la France, que nous aimons tant, pour toute la France, de se mettre en travers de cette œuvre de réconciliation si nécessaire. Non, il ne faut pas tenir le pardon pour inutile. Il est nécessaire.

« Aujourd'hui, alors que nous sommes au cœur d'un événement de l'ordre spirituel, la Vendée n'est pas convoquée comme témoin à charge contre les institutions.

« Je le dis avec mon cœur de Français, avec mon cœur de Vendéen.

« La République est grande quand elle est la mère de tous ses fils.

« La République est grande quand elle est la République de toutes les mémoires.

« Ce chemin de la mémoire est un chemin d'avenir, c'est-à-dire un chemin de veille. Celui qui, tout à l'heure, celui qui, demain, empruntera le chemin de la mémoire ne s'y sentira jamais étranger.

« Il y retrouvera la compagnie des pensées libres qui ont préféré les attachements vitaux aux libérations euphoriques.

« Il y cheminera avec tous ceux qui ont vu le crime se profiler derrière l'utopie et puis, dans les décennies et les décennies à venir, il se sentira délivré à son tour par tous ceux qui, avant lui, ont résisté à la temporalité close des idéologies.

« Chemin symbole dans l'histoire universelle.

« Foulé par un homme d'exception qui appartient déjà, de son vivant, à l'histoire du monde. Par un homme qui, par sa seule présence, nous livre le sens profond de ce que nous accomplissons. Par un homme, un Vendéen de Russie, qui a souffert, dans sa chair et dans son âme, la réalité de la Terreur qui connut ici l'une de ses premières expérimentations. C'est ici que la “roue rouge”, qui devait broyer la Russie, fit ses premiers tours.

« Un homme qui a délivré son peuple.

« Un homme qui a délivré son siècle.

« C'est à lui que nous devons la grande percée à travers le mur du mensonge.

« Cher Alexandre Issaïevitch, au détour d'un chemin creux de Tambov, en Russie, vous avez rencontré la Vendée et vous avez aimé la Vendée. Vous avez entendu le mot terrible de Lénine : “Il nous faut des Vendées” et vous êtes venu, ce soir, avec nous, répondre : “Il nous faut des Vendéens et qui se souviennent.”

« Vous avez su lire dans nos paysages de Vendée, auprès des arceaux et des calvaires anonymes, les précieux symboles d'une conscience dressée, d'une conscience rebelle à la séduction de l'idéologie. Vous avez délivré l'humanité de toutes les censures. Vous avez délivré nos mémoires, nous invitant, chemin faisant, à renouer avec le fil du temps, afin d'éclairer la marche des hommes dans toutes les nuits de peur et de torpeur ; afin que demain cette vallée de larmes devienne un abîme de lumière.

« Petit Vendéen, ce soir, avec Alexandre Soljenitsyne, le monde entier s'adresse à toi et vient te murmurer à l'oreille, doucement : "Ceux qui sèment dans les larmes moissonnent en chantant." »

Cette intervention, qui précédait celle de Soljenitsyne, pouvait apparaître encore à l'époque comme un point de vue tout personnel. Depuis, les historiens ont découvert et révélé au public un visage méconnu de la Vendée, visage que, vous, vous connaissiez depuis longtemps.

Effectivement, aujourd'hui, on redécouvre le mystère de la Vendée et on entreprend les trois réhabilitations de son histoire : celle de 1793, la Vendée des combattants de la liberté qu'on avait fait passer jusqu'alors pour des ennemis du progrès, alors qu'aujourd'hui on redécouvre cette Vendée rebelle comme la *première dissidence moderne*. Celle de 14-18, la Vendée des Poilus qui meurt ensevelie dans la Tranchée des Baïonnettes, plus patriote que tous les patriotes et qu'on faisait passer jusqu'à présent pour peu encline à chanter *La Marseillaise*, alors qu'aujourd'hui on redécouvre que c'est la terre qui a donné le plus de ses fils à la grande ordalie de 14-18. Celle de 1940 enfin, la Vendée résistante des « Justes » de Chavagnes, dont on découvre en 1999 qu'elle organisait des réseaux clandestins de protection des enfants juifs, alors qu'on la suspectait dans l'histoire officielle, jusqu'à cette incroyable révélation des rescapés eux-mêmes, d'accointances avec les tièdes.

La voilà, cette Vendée debout et fière, jusqu'à présent rangée, à la hâte, du mauvais côté de l'Histoire. La voilà, du bon côté, du côté des causes justes, du côté de la France pauvre et glorieuse, du côté du progrès et de la civilisation du courage et des grandes intuitions. Vendée aux lèvres closes scellées d'un signe de croix.

En fait, être puyfolais, c'est quoi, selon vous ?

Participer à l'aventure du Puy du Fou devient très vite un tel engagement, une passion tellement forte que les Puyfolais s'oublient eux-mêmes, oublient les soucis et les contraintes de la vie quotidienne. Ils se réfèrent au spectacle, y retrouvent l'illustration d'une manière de vivre, d'une noblesse de pensée, d'un sens du service qui les transcendent.

Je me souviens de cette carte postale reçue à La Rochelle : « Mon cher Philippe, il m'arrive un pépin. En découpant un bidon pour faire des falots pour le spectacle, je me suis sectionné deux doigts. Je t'écris de l'hôpital. Ne t'en fais pas : je serai au Puy du Fou dans quinze jours pour vérifier les autres accessoires. » C'était signé Pierre Hérieau, peintre en bâtiment de son état et puyfolais des premières heures, qui concluait par un extrait de la scène de la tranchée de Verdun, dans le spectacle : « Inutile d'écrire ce que j'ai dans le cœur. Deux mots, deux mots seulement : bonne santé, bon moral. » C'est ce qu'on appelle le panache.

Au Puy du Fou, il n'y a pas de vedettariat, pas de stars. On se met à la disposition des autres avec ce que l'on a de meilleur en soi, qu'on intervienne dans les services ou comme acteur, comme placeur dans les tribunes, comme chargé des parkings ou du balayage des tribunes, ou que l'on galope sur l'aire scénique, empanaché et doré sur tranche, sous les vivats du public.

Le code de comportement est le même pour tous. Le tutoiement vient tout naturellement aux lèvres des plus réservés, le brassage social se fait tout aussi naturellement sans que l'on cherche à savoir qui est qui, qui gagne combien… Le chef d'entreprise court dans la boue et sous les pétards au coude à coude avec son magasinier, le cadre de chez Jeanneau se retrouve sous l'autorité de sa secrétaire, chef de vestiaire ou de « village »… Il n'y a pas de notables, pas de passe-droits.

Les Puyfolais qui se croisent en voiture — reconnaissables au petit carré autocollant sur le côté gauche du pare-brise — s'adressent des appels de phares qui ne signalent pas la présence de gendarmes, mais constituent simplement un petit salut de compagnonnage.

Quand vous comparez vos débuts avec la machine bien huilée qu'est aujourd'hui le Puy du Fou, à quoi pensez-vous ?

Nous en parlons souvent entre nous. Il y avait la foi de mon côté, la foi dans le projet, et de l'autre côté, ce qu'on pourrait appeler un « acte de confiance ». La foi et la confiance : une force communicative. J'étais tellement sûr de mon projet, je le portais tellement au plus profond de moi-même que chaque obstacle ne faisait que renforcer ma détermination. J'étais sûr que j'allais réveiller l'ardeur de mes interlocuteurs, que je les convaincrais fatalement. Et puis la confiance est venue.

La confiance donne réponse à tout. Nous n'avons pas d'argent ? Nous emprunterons. Pas assez d'acteurs ? Nous commencerons avec une bande-son qui se suffira à elle-même. Pas d'expérience ? Ce sera une expérience unique. Le site est inaccessible ? Les gens auront l'impression d'accéder par une sorte de privilège à quelque chose de caché au détour d'un routin de traverse. C'est grâce à la réversibilité de tous les systèmes d'objection que nous sommes passés de l'échec assuré à la réussite probable.

Quand vous l'avez conçu, ce projet, étiez-vous conscient de tout ce qu'il portait en lui ?

Je pourrais fanfaronner aujourd'hui en expliquant que j'avais senti tout ça, que j'avais prévu tout ce qui nous arrive. En fait, je n'avais rien vu, rien senti. Simplement, j'ai aimé la Vendée et j'ai créé ce spectacle en l'honneur de cette terre où je suis né. Le reste est venu par surcroît.

C'est l'aventure d'une vie. Si, sur le moment, je n'ai rien vu des conséquences de ce que serait le Puy du Fou, en revanche je vois très bien aujourd'hui ce qui va se passer dans la décennie qui vient.

Je pense que le Puy du Fou va encore changer de dimension, sans changer de nature. Le Grand Parc n'en est encore qu'à ses premiers pas. Au fur et à mesure de son extension, des nouvelles attractions, des nouveaux sites, les visiteurs seront amenés à rester plus longtemps, au moins deux jours.

À la faveur du désenclavement autoroutier qui se prépare, il y aura un nouvel afflux de touristes, ce qui déterminera une saison plus longue, avec une pré-saison et une post-saison. Les retombées économiques sur le haut bocage vendéen, autour des Herbiers, vont devenir de plus en plus importantes.

L'Académie junior va se développer, la création va jaillir de partout. L'Académie équestre va prendre son envol. L'esprit du Puy du Fou finira par être reconnu de tous et salué dans le monde entier.

Êtes-vous grisé par cette réussite ou avez-vous encore des facultés d'étonnement ?

Grisé, non. Tout cela est si fragile. Ce qui m'étonne aujourd'hui, c'est que toute nouvelle idée au Puy du Fou prend une forme qui va au-delà de ce que nous avions imaginé : foisonnement, jaillissement, intelligence pratique et combinatoire de toutes les innovations. Nous sommes souvent surpris par nos inventions, leur densité.

Ce qui m'étonnait en 1977, c'était au contraire mon absence totale de prise sur le réel. Je n'arrivais pas à obtenir la moindre disposition pratique. Remplir un sac de son pour la tranchée de 1914 ou peindre des vitraux, c'était la croix et la bannière. Pour scier une planche, je me prenais la tête dans les mains : vais-je trouver quelqu'un ?

Tout était problématique, tout paraissait insurmontable. Les problèmes théoriques de conception ou d'organisation étaient réglés, mais dès qu'ils devenaient pratiques, c'était insoluble. Personne ne voulait aller accrocher les bannières sur la flèche du château, il fallut que j'y aille moi-même avec Michel Bossard et Maurice Chanal. Pour avoir les genêts nécessaires pour cacher les projecteurs, il fallait que nous courions la campagne avec ma 4L pourrie, que nous allions dans les fermes chercher de quoi confectionner des meules.

Tout était compliqué, rien n'était fait dans les temps. Aujourd'hui, c'est l'inverse. Il faut trier parmi les projets. Et la réalisation dépasse l'originalité de la conception.

Je suppose qu'à une entreprise telle que la vôtre les attaques, voire les coups bas, n'ont pas manqué ?

Nous avons connu trois types de chicane. Il y a d'abord eu les obstacles qu'il a fallu surmonter en balayant le scepticisme de départ, comme on l'a vu. Il y a eu ensuite les obstacles qu'il a fallu contourner, liés à la mauvaise volonté ou au désir de nous empêcher de démarrer, au désir de nous déstabiliser en décourageant les Puyfolais ou les spectateurs. Nous avons tout connu dans le genre : tentative de vider l'étang à quelques jours de la première ; envol de tracts dans les tribunes ; graffitis au goudron dans les rues de La Roche-sur-Yon, du genre « Villiers exploiteur de bénévoles » ou « Villiers doryphore du bénévolat »...

La troisième catégorie est beaucoup plus subtile : c'est la rumeur maligne. La première a failli tuer le spectacle dès les premières représentations : c'est l'épisode des vaches des Épesses, que raconte très bien Hervé Louboutin dans son livre sur le Puy du Fou, *Le Jour et la Nuit*.

Un jour, le maire des Épesses, Puyfolais de la première heure, fut contraint de mettre une question imprévue à l'ordre du jour de son conseil municipal : les pétards du Puy du Fou ne menacent-ils pas la production laitière du voisinage ? Un fermier voisin vint exposer ses doléances : d'après lui, chaque vendredi et chaque samedi après-midi, les deux jours hebdomadaires de représentation, et ce depuis le 16 juin 1978, jour de la première, ses vaches ne donnaient plus de lait, contrariées dans leur repas du soir par les essais des artificiers. Ce paysan était d'ailleurs le seul, après enquête dans les alentours, à être victime de ce phénomène. On apaisa les esprits en proposant de retarder les essais, et la rumeur se dissipa lentement.

La seconde rumeur était encore plus insidieuse : le Puy du Fou faisait le plein tandis que se vidaient les églises. Certains curés disaient ne pas comprendre pourquoi leurs fidèles se détournaient peu à peu de la messe dominicale, tandis que le spectacle faisait tribunes combles. De là à ce que certains esprits faibles — ou forts — insinuent qu'il y avait là la griffe du sorcier, il n'y avait qu'un pas.

Le curé des Épesses lui-même convoqua trois Puyfolais spicéens[1], Jean-Marie Delahaye et Marie-Pierre Sachot, tous deux adjoints au maire, ainsi que la costumière, Anne-Marie Benezeth, pour leur demander leur interprétation sur cet exode de fidèles contrastant avec l'ardeur des Puyfolais.

La dernière en date, relayée par certaines officines rurales, accusait le Puy du Fou de contribuer à l'aggravation de la sécheresse menaçant les

1. Spicéens : habitants des Épesses.

récoltes : « Ne disperse-t-il pas les nuages porteurs d'ondées grâce à des canons anti-pluie, aux seules fins d'épargner le spectacle ? » Il a fallu tenir des réunions d'information pour convaincre les agriculteurs que, malgré les prouesses techniques dont le Puy du Fou est capable, personne n'a encore inventé le moyen de détourner les nuages et de se fabriquer son microclimat maison.

Quelle conclusion en tirez-vous ?

La conclusion de *La Reine morte* : « Ce qu'ils ne vous pardonnent pas, c'est *leur* médiocrité. »

La réussite n'est jamais pardonnée par ceux qui n'ont rien entrepris et qui se contentent de macérer dans leur amertume. Nous vivons dans une époque où la fadeur est telle que la culture ambiante incite à dénigrer tout ce qui n'est pas porteur de contradiction et de frustration. Ceux qui ont véhiculé ces rumeurs contre nous constituent une infime minorité locale. Mais il est symptomatique de constater une grande compréhension pour l'échec et une certaine suspicion pour la réussite surtout lorsque l'on est parti de rien, réussite humaine et technique, qui consiste finalement, sans trucages ni manipulations, à susciter l'émotion et l'admiration de gens venus du monde entier.

Et puis le Puy du Fou dérange certains milieux intellectuels parce qu'il est le symbole du contraire de tout ce qu'ils affirment : le témoignage même que l'on peut réunir des centaines de milliers de personnes chaque année autour d'un projet culturel, la démonstration que les « couches populaires » — comme ils disent avec condescendance — accèdent spontanément au Beau, à l'émotion, à la qualité, la preuve qu'il n'est nul besoin de subventions pour créer un spectacle de qualité.

Est-ce pour cette raison que le Puy du Fou a eu maille à partir avec le ministère des Finances ?

En France, l'administration n'aime pas le bénévolat. L'administration fiscale encore moins. Le Puy du Fou en sait malheureusement quelque chose.

En 1990, le ministre du Budget de l'époque décide de s'en prendre au Puy du Fou pour salir son aventure et, à travers lui, éclabousser son créateur, avec lequel ses amis ont maille à partir pour des raisons autres que culturelles, sur le plan du combat pour la moralisation de la vie publique. Ce ministre, c'est Michel Charasse.

Le Puy du Fou est donc choisi pour cible. L'administration des impôts déclare que l'Association du Puy du Fou, bien que régie par la loi de 1901, doit être assujettie à l'impôt sur les sociétés commerciales.

C'est un scandale moral : une association qui ne réclame aucune subvention, qui est excédentaire, bien gérée et qui s'appuie sur le bénévolat, se voit imposée comme une société à but lucratif. Alors que le but de notre association est culturel, que personne n'en retire aucun profit et que c'est justement le bénévolat qui lui permet de dégager des excédents, l'État décide de lever ce qu'il faut bien appeler un *impôt sur le bénévolat*. Pis, un impôt sur le mécénat : à quoi sont utilisés les excédents, sinon à aider des œuvres culturelles ou humanitaires ?

En résumé, chaque Puyfolais, qui vient jouer avec son cœur, qui donne son temps, qui paie son essence pour ses trajets vers le Puy du Fou et contribue à aider les chiffonniers de sœur Emmanuelle, apprend par la presse que les pouvoirs publics décident de le spolier en taxant son don personnel, comme s'il agissait pour réaliser un profit. C'est immoral et décourageant.

On peut même ajouter qu'il s'agit d'un impôt sur le succès — en France il vaut mieux qu'une entreprise culturelle perde de l'argent, alors elle reçoit des subventions — et sur l'intérêt général, puisqu'en privant le Puy du Fou — qui est un outil d'aménagement du territoire n'ayant rien coûté à l'État — de sa capacité de développement, on retire à toute une région un atout essentiel pour l'essor local.

La presse se hâte de faire ses choux gras de cette ineptie, laisse entendre que, finalement, les finances du Puy du Fou ne sont peut-être pas en ordre. Elle va jusqu'à parler de « redressement fiscal ».

Il nous faut batailler, recourir à des juristes et des fiscalistes. L'administration des Finances finit par reconnaître ses erreurs, mais nous informe qu'il en sera ainsi à l'avenir : l'Association du Puy du Fou est considérée par le fisc ni plus ni moins comme une entreprise commerciale.

Cette administration-là a sa logique, une logique qui ne tient compte que des chiffres, jamais des intentions, fussent-elles les plus généreuses, une logique qui conduit à mutiler tout esprit d'initiative, toute démarche gratuite.

Vous dites souvent que le Puy du Fou est une parabole. Quelle leçon tirez-vous de cette parabole ?

On peut en tirer plusieurs leçons. La première, c'est que nous n'appartenons pas, contrairement à ce qui se dit partout, à un monde fini, dans lequel le bonheur serait circonscrit une fois pour toutes, où l'on ne pourrait plus inventer.

Nous sommes partis de rien pour faire un grand spectacle reconnu dans toute l'Europe. Je ne dis pas que tout est possible sans moyens, sans appuis. Mais l'essentiel, c'est l'idée : ayons une bonne idée, elle fera toute seule sa « musse », comme on dit en Vendée, elle fera son trou dans le mur des difficultés.

Le Puy du Fou est à la fois une aventure culturelle, humaine, artistique, et une réussite économique. Il a démontré que l'on peut agir sans subventions. Il y a en France des lieux culturels où il n'y a pas un centime d'argent privé. Au Puy du Fou, au contraire, il n'y a pas un centime d'argent public. La solution de facilité était de recourir à l'argent public : si nous avions succombé à cette tentation, nos énergies se seraient affaiblies, le Puy du Fou aurait tourné à l'éboulis culturel, supporté par des étais administratifs.

La seconde leçon est que le premier de tous les savoirs est la passion. Je n'ai pas appris grand-chose à l'Éna, j'ai tout appris au Puy du Fou. Nous avons apporté la preuve que des polytechniciens, quelles que soient leurs grandes qualités, peuvent être surpassés par des autodidactes, qui n'ont pas le savoir mais ont la passion.

Dans le mot « puyfolais », il y a « feu follet » : à force de danser autour d'une énigme, on finit par la décrypter. Quand on veut nous faire croire aujourd'hui que seule une grande puissance peut figurer à la pointe de la recherche, que seule une grande entreprise peut défier l'avenir, le Puy du Fou s'inscrit en faux contre ces ultimes totems de la mode des économies d'échelle. Au Puy du Fou, on invente sans avoir le plus souvent besoin de protéger le nouveau procédé : il suffit d'avoir une invention d'avance sur ses concurrents.

Le Puy du Fou n'est pas une machine à inventer, à chercher, à imaginer. C'est une communauté humaine qui rend l'invention naturelle, hasardeuse comme la pomme de Newton qui tombe sans prévenir. Aujourd'hui, les projets puyfolais rivalisent avec ceux des Américains, exclusivement avec des inventions vendéennes, françaises. C'est la grande différence avec tant de hauts lieux culturels de notre pays où il n'y a aucun brevet français.

Il y a une troisième leçon, c'est que l'on peut mener une activité culturelle sans creuser des déficits. Au Puy du Fou, gratuité n'est pas synonyme de gaspillage : nous sommes conscients qu'une entreprise qui veut conserver son indépendance doit être saine.

L'Association est excédentaire, le Grand Parc est bénéficiaire. Cela nous apporte la double possibilité d'aider des activités non rentables par définition, dans le domaine artistique, et d'investir, d'investir toujours, pour maintenir la communauté puyfolaise en éveil, pour traquer la routine qui est finalement le seul écueil qui nous guette à l'avenir. La routine et les lauriers.

Je ne sais combien de temps durera l'aventure puyfolaise. Je voudrais simplement adresser à tous les enfants qui liront ce récit le message simple de ce que nous avons vécu, dans la confiance et l'amitié, sur ce lieu naguère ignoré, où l'âme respire amplement.

Ce message est très simple : « Faites des rêves, vous les accomplirez. La preuve : quand j'étais enfant, je faisais un rêve de musique, de couleurs, de panache et de grandeur. Ce rêve, je l'ai accompli. »

TABLE

DU MÊME AUTEUR

AUX ÉDITIONS ALBIN MICHEL

Lettre ouverte aux coupeurs de têtes et aux menteurs du Bicentenaire
1989

La chienne qui miaule
1990

Notre Europe sans Maastricht
1992

Avant qu'il ne soit trop tard
1993

La Société de connivence
1994

Dictionnaire du politiquement correct à la française
1996

La Machination d'Amsterdam
1998

La 51ᵉ étoile du drapeau américain
2003

Quand les abeilles meurent, les jours de l'homme sont comptés
2004

Les Turqueries du Grand Mamamouchi
2005

Les Mosquées de Roissy
2006

Composition et impression
Bussière en juin 2009
Editions Albin Michel
22, rue Huyghens, 75014 Paris
www.albin-michel.fr

ISBN 978-2-226-15866-6
N° d'édition : 11850/08. – N° d'impression : 091809/1.
Dépôt légal : mai 2005.
Imprimé en France.